행복한 꼰대

_____ 의

행복을 기원합니다.

목차

꼰대라 불리는 중장년

나는 어떤 의미에서는 참으로 복 받은 세대라는 생각을 많이 하고 살았다. 지방의 대학교를 졸업할 즈음 국내의 모든 대기업들이 본격적으로 해외 사업을 확대하면서 많은 수의 신입 사원을 채용하고 있었다. 친구와 함께 무심코 지나치던 학과 사무실 앞에 놓여있던 금성사(현재의 LG전자)의 입사 지원서를 장난삼아 집어 들고 와서 제출했다. 그 당시만 해도 행정고시에 대한 꿈을 버리지 못하고 일개(?) 기업에 입사해서 평범한 샐러리맨으로 살고 싶지는 않았기에, 크게 기대도 하지 않았고 흥미도 없는 상태였다. 토익(TOEIC)이라는 영어 시험도 금성사의 면접 과정에서 처음으로 쳐 보았으니, 지금 생각해 보면 참으로 한심한 취준생이었다. (처음 친 토익 성적은 더 한심한 수준) 하지만 고맙게도 회사에 입사하게 되어 지금은 어언 25년째 직장 생활을 잘하고 있다. 그 사이에 가정도 이루어 자녀들에게 비록 남들만큼 풍족한 것을 주지는 못하지만 나름 안정적인 삶을 살아가고 있다.

나이가 들어가면서 친구들이나 동년배들과 얘기하다 보면 우리 세대가 많은 것을 손해 보는 세대라는 자괴감이 들곤 한다. 평균 수명이 늘어나면서 일하고 돈을 벌어야 하는 기간은 점점 길어지는데, 우리 선배들과는 달리 기업에서 정년을 채운다는 것이 그리 쉽지는 않은 상황이 되어가고 있다. 더욱이 정년 60세를 채우고도 최소한 10년 이상을 더 일해야 한다.

이제는 소위 철밥통이라고 하는 '평생직장'을 얘기하는 사람도 거의 없는 시대가 되어 버렸다. 노후 생활에 도움을 받을 수 있을 것으로 기대하고 꼬박꼬박 납부하고 있는 국민연금도 요즘 나오는 얘기들을 들어보면 나중에 내가 받을 수는 있는 건지 의구심이 든다. 불안하다.

또한 내가 다니고 있는 기업 내부의 문화가 많이 바뀌고 있는 상황이기에 이전에 우리 선배들이 대접(?)받던 모습은 아예 기대도 하지 못하게 되어 버렸다. 연봉제와 성과주의로 대표되는 현재의 기업 문화는 약간의 '연공주의'라도 죄악시하는 분위기로 급격하게 바뀌고 있는 것이다. 우리는 후배로서 선배들을 끝까지 챙겨주었는데 이제 우리는 그런 대접을 기대할 수 없는 입장이 된 것이다.

요즘은 나이 든 중장년(신중년)이 조금만 적극적으로 나서고 언행을 하게 되면 '꼰대'라는 이름으로 비난받곤 한다. 꼰대란 자기의 구태의연한 사고 방식을 타인에게 강요하는 직장 상사나 나이 많은 사람을 가리키는 속어라고 인터넷에서는 설명하고 있다. 이제는 후배나 자식들에게 편하게 조언도 하지 못하는 상황이 되어버린 것이다. 옛날 아메리칸 인디언들은 나이 많고 경험 많은 추장들의 말씀을 귀담아들으면서 살았다는데……

이러한 상황에서 50대 초반인 나는 앞으로 남은 인생을 어떻게 살아가는 것이 현명한 것인지 잘 모르겠다. 특히 대학생과 고등학생인 2명의 자녀를 키우는 아버지의 입장에서 집에서 내가 어떤 언행을 해야 하는지가 쉽지 않다.

40대 후반에 이런 고민을 시작하던 참에 회사를 옮겨서 중장년들의 행복한 노후생활 준비를 지원하고(생애 지원), 퇴직하는 시점에 새로운 직장을 잘 찾을 수 있도록 지원하는 전직 지원 업무를 맡으면서 나와 비슷한 연령대의 많은 중장년들을 만나서 얘기를 나눌 수 있었다. 그 과정에서 나뿐만 아니라 우리나라의 중장년들이 모두 비슷한 고민을 하고 있음을 확인할 수 있었다. 당장 경제 활동을 그만두고 쉴 수 있는 입장이 아닌데 회사에서는 더 버티기 힘든 분위기이고, 어느 순간 가족들과의 대화는 쉽지 않고, 복잡한 사회생활에서 마음 맞고 믿을 수 있는 사람 사귀기는 더욱 힘들어지고, 일만 하는 기계로 전락해버린 것 같은 나 자신과 불쑥 마주하게 된 것이다.

그래서 우리나라의 모든 중장년들이 같이 고민할 수 있으면 좋겠다는 생각을 하게 되었다. 내가 고민하고 있는 문제에 대한 누군가의 생각을 들으면서 나는 어떻게 그 문제를 해결해 나갈 것인지를 결정할 수 있는 기회를 만들면 좋지 않을까 하는 생각이 들었다.

특히 많은 중장년들에게 행복한 생애 관리에 필요한 정보를 드리기 위하여 찾은 많은 자료들과 나 스스로 학습한 내용들을 지면을 통하여 제공하고 싶었다. 강의나 상담을 하면서 만난 많은 중장년들이 현재의 직장생활에 너무나도 많은 시간을 뺏기는 바람에 아주 기초적인 정보나 얘기조차도 모르고 살아가고 있음을 확인하였기 때문이다.

이런 문제에 대한 획일적인 정답은 절대 있을 수도 없을뿐더러 나 또한 많은 지식과 통찰을 절대 가지고 있지 못하다. 그럼에도 불구하고 우리 중장년들이 다 같이 고민하고 생각

해 보았으면 하는 얘기들을 제시해 보고자 한다. 각자가 살아
온 그동안의 인생 경험과 지금 가지고 있는 생각과 가치관을
바탕으로 본인에게 맞는 해결 방안을 스스로 지혜롭게 찾기
를 기대한다.

한국의 중장년들이 더 이상 '꼰대'라고 평가절하되지 않고,
지금까지 열심히 인생을 살아온 것에 대하여 제대로 인정받고
존경받았으면 좋겠다. 또한 중장년들의 주도적이고 바른 언
행이 우리 사회를 좀 더 살기 좋게 만드는 데 조금이라도 기
여할 수 있으면 더 좋겠고, 무엇보다도 우리 중장년 스스로가
충분히 행복한 각자의 삶을 살아갈 수 있으면 좋겠다.

2018년 초겨울

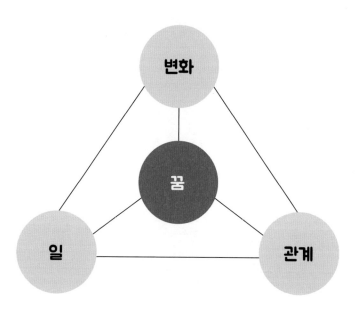

제1장

꿈

『실현하고 싶은 희망이나 이상』

어떤 위치에서든 나침반은
항상 북(北)쪽을 가리키듯이,
내 인생의 명확한 방향과 목표를 세우는 것이
중요하다.

1. 인생에서의 '꿈'

아무리 짧은 여행을 가게 되더라도 우리는 목표를 세우게 된다. 이번 여행에서는 어떤 유명한 장소를 꼭 가보겠다, TV에 맛집으로 소개된 그 식당은 꼭 가겠다는 목표. 경우에 따라서는 이번 여행을 통하여 내 인생의 의미를 찾아서 오겠다는 거창한 목표까지 세우고 떠나게 된다. 우리가 살아가고 있는 매일매일의 인생을 누군가는 '소풍'으로 비유했다. 우리는 이 세상에 잠시 소풍(여행)을 온 존재라는 것이다.

인생을 살아가면서도 우리는 여행과 마찬가지로 목표를 세우고 주어진 시간 내에 그 목표를 달성하기 위하여 노력하게 되는 것이다. 이를 달리 '꿈'이라는 단어로 흔히들 얘기한다.

'꿈'이란 '짧지 않은 인생을 살아가는 동안 본인이 무엇을 이

루기를 희망하는지, 무엇을 얻기를 바라는지에 관한 얘기'이
며 평생 본인이 전력을 다해 집중할 목표를 결정하는 작업이
라고 할 수 있다.

누군가는 많은 돈을 벌어 떵떵거리며 살아가기를 목표로
하는 사람도 있고, 어떤 사람은 특정한 학문적 성취를 위하
여 일생 동안 모든 노력을 기울이기도 한다. 또한 많은 사람
들은 경제적으로 풍족하지는 않지만, 사랑하는 사람들과 오
순도순 살아가겠다는 작고 소박한 목표를 갖고 살아가기도
한다.

하지만 어떤 이들은 안타깝게도 하루하루의 자기 삶이 과
연 무엇을 위한 것인지를 모르고 살아가기도 하는 것 같다.
물론 팍팍한 일상의 생활이 그런 생각을 할 여유조차 허락하
지 않은 탓도 있을 것이고, 내 인생의 목표에 대하여 진지하
게 한번도 고민해 볼 수 있는 기회가 없었기에 생기는 결과이
기도 할 것이다.

하루하루 살아가기도 바쁜 일상에서 우리는 왜 '꿈'을 굳이
얘기하는 것일까?

험난한 파도를 헤치고 나아가는 배를 생각해 보자. 배에 타

고 있는 모든 사람은 높은 파도로 인하여 멀미에 시달리고 몇 날이고 계속되는 항해 때문에 피곤이 밀려오지만 모두가 목표로 하는 도착지(희망, 목표, 꿈)가 있기에 그 고통을 견딜 수 있다. 만약 명확한 도착지가 정해지지 않았다면 항해 과정 중의 그 많은 어려움을 참고 견뎌야 할 이유도 없어지고, 파도가 치는 대로 배는 그저 흘러가게 되면서 결국 어느 항구에 정박할 것인지 전혀 예상하지 못하는 상황이 되고 말 것이다.

인생은 여행이고, 항해이다.

한 사람이 살아가는 인생도 결국은 길고도 험한 항해에 비유할 수 있다. 결코 짧지 않은 시간 동안 수많은 좋은 일들과 어렵고 힘든 일들을 겪으면서도 목적지를 향하여 끊임없이 이어져야 한다는 측면에서 항해라고 비유하는 것이다. 모든 배가 최종 목표로 하는 항구에 정박하는 것과 같이 우리 인생의 최종 종착지는 결국 '죽음'이라고 할 수 있다. 어느 누구도 이 종착지를 벗어날 수는 없다. 하지만 어떤 경로(생활)를 거쳐 어느 항구(죽음)에 정박하느냐는 각 배가 선택할 문제이다. 더 중요한 것은 명확한 목표를 가진다는 것은 긴 항해 중에 닥치는 온갖 문제들에 대하여 판단하고 의사 결정할 수 있는 기준을 제시한다는 점이다.

물론 모든 배가 처음에 목표로 한 항구에 무사히 도착한다는 보장은 없다. 하지만 출발하면서 명확한 목적지를 정하고 나아가는 배와 그렇지 않은 배의 차이는 분명히 존재할 것이다. 이렇듯 인생에서도 자기만의 '꿈(목표)'을 가지느냐의 여부는 결과에 상관없이 너무나도 중요한 출발점이 되는 것이라 할 수 있다.

그럼 이제 인생을 갓 시작하는 입장도 아닌 우리 중장년들에게 '꿈'이 왜 중요한 것일까?

이런 얘기가 있다.

정년퇴임한 지 몇 개월 되지 않은 한 교수가 방송에 출연할 일이 생겨서 방송국에 갔었대.

낯선 분위기에 눌려 두리번거리며 수위 아저씨에게 다가갔더니 말도 꺼내기 전에 "어디서 왔어요?"라고 묻더래.

퇴직해서 소속이 없어진 그 교수는 당황한 나머지 "집에서 왔어요"라고 대답해 한바탕 웃었단다.

다른 한 교수도 방송국에서 똑같은 경우를 당한 모양이야. 그러나 성격이 대찬 그분은 이렇게 호통을 쳤다고 해.

"여보시오. 어디서 왔느냐가 아닌, 어디로 갈 것인지 물어보시오. 나 ○○프로에서 출연해 달라고 해서 왔소."
마침 그 프로그램 진행자인 제자가 멀리서 보고 달려가 교수님을 모시면서 "역시 우리 교수님 말씀은 다 철학이에요. 우리의 인생에서도 어디서 왔느냐보다 어디로 갈 것인가가 더 중요한 게 아니겠어요?"라고 말했다고 해.

(※ 출처: '윤세영의 따뜻한 동행' 동아일보, 2016. 5. 5.)

이렇듯 우리는 특히 나이가 들어가면서 내가 과거에 무엇을 했고, 어떤 위치에 있었다는 것을 많이 생각하고 얘기하게 되는 것 같다. 나의 경우도 사회생활하면서 수많은 사람들을 만나서 얘기를 나누지만 중학교 때부터 사귀어 온 고향의 친구들과 만나 소주 한잔 하면서 옛날 얘기하는 시간이 가장 행복하고 즐겁다. 고등학교 때 소개팅한 얘기, 젊은 시절에 같이 여행 가서 사고 친 얘기들, 특히 와이프들이 모르는 우리들만의 비밀을 얘기하는 시간이 너무나도 기분이 좋다. 또 회사 생활 초창기에 같이 일했던 사람들과 만나서 그 당시의 회사 생활 기억을 더듬어 보고 그때 사람들 얘기를 하는 시간이 좋다.

그런데 우리끼리 모여서 이런 얘기를 많이 나누는 것은 누

가 말리지 않겠지만 젊은 사람이나 자녀들과 대화를 나눌 때
는 얘기가 달라진다. 요즘 얘기하는 꼰대의 여러 가지 자격 요
건(?) 중 첫 번째가 '옛날 얘기 많이 하는 사람'이라고 한다. 젊
은 사람들과 얘기하면서 "내가 당신들 나이 때는 이랬다"는
얘기를 하는 중장년은 십중팔구 꼰대라고 불리게 된다는 것
이다.

내가 미래에 이루고 싶은 목표를 구체적으로 정하고, 기회
가 있을 때 후배나 자녀들에게 나의 이런 꿈을 미래지향적으
로 얘기한다면 적어도 꼰대라는 얘기는 듣지 않을 수 있을 것
이다.

'꿈'을 얘기하면 꼰대 취급은 안 당한다.

나이가 들어갈수록 점점 더 살아갈 수 있는 '시간'이 부족해
진다. '100세 시대'라고 흔히 얘기하는 지금 우리나라의 평균
수명은 82세라고 한다. 50세를 기준으로 30여 년 이상 남은
것이다. 그런데 이 시간이 지나고 난 후 죽음을 앞둔 시점에
본인이 해보고 싶었는데 못한 일들이 생각난다면 얼마나 안
타까울까? 그때는 어떻게 해볼 방법도 없다.

조지 버나드 쇼(George Bernard Shaw, 1856~1950)라는 극작

가의 묘비에 이런 문구가 새겨져 있다고 한다.

"I knew if I stayed around long enough, something like this would happen." (오역 논란이 있긴 하지만) 우리에게는 "우물쭈물하다가 내 이럴 줄 알았다"로 알려진 묘비명이다.

이렇듯 죽음이 다가왔을 때 후회할 일을 최대한 줄이는 것이 지금 우리 중장년들이 해야 하는 일이다. 그러기 위해서는 해야겠다고 생각되는 것들을 모두 해봐야 하는데, 안타깝게도 우리는 시간과 돈 등 내가 가지고 있는 자원의 한계로 인하여 모든 것을 해볼 수는 없다. 이런 상황에서 우리에게 중요한 것이 바로 명확한 '꿈'이다. 내가 인생에서 목표로 하는 것이 무엇인지가 명확하다면, 그 목표를 중심으로 남은 시간 동안 제한된 자원을 꼭 필요한 활동을 위하여 집중하고 실행할 수 있기 때문이다. (기업 용어로 '선택과 집중'이다.)

2. 나의 꿈

지금 와서 생각해보면 나는 참으로 꿈을 늦게 발견한 것 같다. 어렸을 때부터 누군가를 가르치는 일에 흥미가 조금 있긴 했지만 대학교에서 경영학을 공부하면서 막연히 기업에서 일하겠다는 생각만을 했었던 것 같다. 군대를 다녀온 후 좀 더 사회생활을 잘해보겠다는 막연한 생각에 행정고시를 준비하기도 했지만, 구체적이거나 절실하지 못했다.

대학을 졸업하고 기업에 취직하여 사회생활을 시작하고 결혼하면서 3살 터울의 남매를 낳고 살다 보니 어느덧 나이 50을 훌쩍 넘기게 되었다. 그 과정에서 나의 '꿈'에 대하여 고민하고 명확한 그림을 그리는 작업은 점점 더 멀어지게 되었다. 그러던 중, 예전에 어떤 책에서 보았던, '맑은 복'이란 표현으로 내가 지금 가지고 있는 행복을 정리해 보라는 문구를 떠올렸다. 그 해 겨울 어느 날 회사에서 퇴근하고 카페에 앉아 스마트폰으로 나에게는 어떤 맑은 복이 있는지를 메모해 보았다.

＜나의 맑은 복＞ 2014. 12. 16. 작성

- 가족이 있고, 다들 건강하다. 민둥이는 너무 건강? ㅋ
- 아침에 출근할 직장이 있고, 대우도 나쁘진 않다.
- 내 몸이 건강하다. 장애가 없어서 일상생활에 불편이 없다.
- 약간의 빚은 있지만 쪼들리지는 않는다. 개인 파산도 아니다.
- 나름 머리도 있어서 뭔가를 배울 수 있다.
- 많진 않지만 나를 찾는 사람도 있다.
- 욕 먹을 정도로 멍청하거나 경우 없이 행동하지는 않는다.
- 그래도 아직 살 날이 20년 이상은 남아있다.
- 해외 봉사 등 새로운 시도에 필요한 정보를 가지고 있다.
- 나름 낭만과 유머 감각도 가지고 있다. (썰렁하지만……)
- 명절에 찾아갈 부모님, 친척이 있다.
- 가끔씩이긴 하지만 아직도 만나는 오래된 친구들이 있다.
- 그래도 빙그레 웃을 수 있는 좋은 추억들이 있다.
- 아이들이 나와의 추억을 기억해준다.
- 아이들이 아빠인 나를 그리 싫어하지는 않는다.

- 전쟁 없는 나라에서 살고 있다.
- 내가 좋아하는 책들이 주위에 널려 있다.
- 뭔가 하고 싶은 욕구가 계속 생긴다.
- 오늘도 사고(事故) 없이 지금 살아있다.
- 카톡하면 대답하는 가족들이 있다.

다른 사람보다 경제적으로 풍족한 편은 아니지만 나의 맑은 복을 적다 보니 20개나 되는 복(福)을 가지고 있었다. 이정도면 충분히 행복한 것이 아닐까? 어찌 보면 내가 지금 살아있다는 이 사실만으로도 충분히 행복한 일이다. 내가 지금 살고 있는 오늘은 어제 죽어간 사람들이 그토록 살고 싶어했던 내일이라는 얘기도 있으니……

이런 생각들을 하면서 어느 순간부터 내가 가진 것을 다른 사람들과 나누어야겠다는 생각을 많이 하게 된 것 같다. 특히 그 당시는 회사에서 사회 공헌 업무를 담당하면서 한국뿐 아니라 아프리카와 아시아의 못사는 저개발국가를 지원하는 사업을 많이 진행하고 있었고, 그 과정에서 나는 그 사람들에 비하여 너무나도 행복한 사람이라는 것을 절실히 느끼고 있었기에 이런 생각으로 자연스럽게 연결된 것 같다.

'신발'을 탓하였는데 '발'이 없는 사람이 옆에 있다.

나는 이미 우리 가족들에게 선언을 한 상태이다. 내가 60세가 되는 해부터 아프리카에 있는 에티오피아(Ethiopia)라는 나라를 도와주는 일을 하겠다는 목표를 가지고 있다는 것을. 물론 그전에도 기회가 된다면 내가 기업에서 그동안 배운 지식과 경험을 다른 사람들에게 나누어주는 활동을 하고 싶고 지금도 여건이 허락되는 범위에서 조금씩 그 일을 하고 있다.

나는 절대로 다른 사람들에게 나누어줄 수 있는 많은 돈을 가지고 있지 않다. 그렇지만 나의 짧은 경험과 지식이 누군가에게 도움이 된다면 충분히 나누어줄 가치가 있는 것이라고 생각한다. 그리고 나 스스로도 누군가를 가르치는 일을 하는 것이 가장 즐겁기 때문에 그 일을 신나고 재미있게 할 수 있을 것 같다. 물론 그 과정에서 나의 얘기와 조언이 '꼰대의 잔소리'로 평가되는 것을 항상 경계한다.

이제 와서 생각해 보면, 나의 꿈을 조금 더 일찍 정했다면 그동안 더 많은 일들을 준비하고 성취할 수 있지 않았을까 하는 후회가 든다. 무엇인가를 배우는 것도, 짬짬이 남는 시간을 효과적으로 활용하는 것도, 명확한 꿈이 있었다면 좀 더 잘할 수 있지 않았을까 하는 생각. 하지만 이미 지나가버린 시간을 어찌 할 것인가? 지금부터라도 내 인생의 목표를 명확히 세우고 시간을 낭비하지 않으면서 그 목표를 달성해 나가는 노력을 기울이는 방법밖에는 없는 것이 아닐까?

3. 모든 사람의 공통된 꿈, '행복'

이 세상을 사는 사람들은 그 숫자만큼 각양각색의 다양한 꿈을 가지고 있을 것이다. 하지만 모든 사람들이 공통적으로 꿈꾸는 것은 아마도 '행복'이 아닐까 싶다. 국어사전에는 행복에 대하여 이렇게 설명되어 있다.

행복(幸福): 충분한 만족과 기쁨을 느끼어 흐뭇함

각자가 살아가는 일상의 삶 속에서 기쁨과 만족스러움을 얻는 상태를 행복이라고 할 수 있다는 의미이다. 지금 서점에 가보면 행복에 관한 서적이 넘쳐날 지경으로 현대인들의 행복에 대한 갈망이 그 어느 때보다도 큰 것을 알 수 있으며, 특히 우리가 빠른 속도로 경제 발전을 이루면서 그 부작용으로 생긴 빈부격차가 커질수록 사람들이 저마다의 행복을 찾기 위해 더 고민하고 노력하는 풍조가 생긴 것 같다.

내가 들은 행복에 관한 간단하면서도 명쾌한 얘기는 바로 '클로버(Clover)'라고 알려진 토끼풀 이야기다. 모든 사람들이 알고 있듯이 네 잎 클로버는 '행운(幸運)'을 상징하고 있다. 그래서 많은 사람들이 네 잎 클로버를 찾기 위해 토끼풀 밭을 헤매고 다니면서 네 잎 클로버가 아닌 풀들은 밟고 지나가 버리게 되는데, 그 중에는 비록 네 잎은 아니지만 세 잎을 가진 풀들도 있다. 그런데 세 잎 클로버의 꽃말이 무엇인지 아는가? 바로 '행복'이란다. 생각해 볼 문제인 것 같다. 우리는 일상의 생활을 해나가는 과정에서 일확천금(로또 당첨 등)이나 우연한 행운만을 쫓으며 내 주위의 수많은 행복들을 무시하고 밟고 있는 것은 아닐까.

행복에 대하여 또 하나 생각해 볼 것은 '가지고 있는 것'과 '갖고 싶은 것'의 관계로 행복을 정의할 수 있다는 것이다. 내가 얼마를 가지고 있느냐는 절대적 양이 중요한 것이 아니라, 내 마음속에서 얼마만큼 가지기를 원하느냐는 욕망의 크기(정도)가 중요하다는 얘기이다. 물론 인생을 살아가면서 더 많은 돈을 벌고 더 좋은 차를 타겠다는 욕심을 낼 수 있겠지만, 여기에만 매달리다 보면 진정한 행복을 찾기가 어려울 수 있다는 것으로 이해할 수 있겠다.

내가 100을 가지고 있고 마음속에서 원하는 것이 100인 사람은 1의 행복을 느끼지만, 똑같은 100을 가지고 있더라도 마음에서 원하는 것이 200인 사람은 0.5의 행복만을 느낄 수밖에 없다. 반대로 원하는 것이 50인 사람은 2의 행복을 느낀다는 것이다. 많이 알려진 사실이지만 아직 경제 발전이 되지 않은 방글라데시나 부탄 같은 나라의 국민 행복 지수가 선진국보다 높다는 얘기와 일맥상통한다.

아무리 많은 것을 가지고 있어도 그것에 만족하지 못하고 '더 많은 것'을 추구하는 순간, 우리는 내 주위에 널려 있는 행복을 짓밟으며 눈에 보이지 않는 행운만을 쫓아가는 우(愚)를 범하게 된다는 것을 생각해 볼 필요가 있다.

행복 = 가지고 있는 것 / 갖고 싶은 것

4. 꿈의 크기

사슴과에 속하는 '스프링벅(Springbok)'이라는 동물이 있
는데, 이 스프링벅이 가끔 절벽 아래에서 떼죽음을 당한
상태로 발견된다.

학자들이 그 원인을 조사해보니 다른 육식 동물의 습격
이나 자연 재해가 원인이 아니라 스프링벅이 가지고 있는
습성 때문이었다고 한다.

바로 앞에 있는 녀석보다 풀을 더 뜯어 먹기 위해 앞서
가려는 욕구로 인하여 앞을 쳐다보지 않기 때문에, 선두
에 있는 녀석이 절벽이나 강으로 뛰어들어도 그 위험을
못 느끼고 경쟁적으로 뛰어들어 결국은 떼죽음을 당하게
되는 것이다. 이것을 학자들은 '스프링벅 현상'이라고 부
르고 있다.

인간은 자신만의 인생을 독자적으로 살아갈 수 있는 존재이다. 특히 지금은 아주 오래전 우리 조상들이 살았던 시대같이 태어나면서부터 신분이 정해지고 평생 그 신분의 굴레를 벗어나지 못할 뿐 아니라, 최악의 경우 누군가를 위해서 목숨을 바치고 그들이 원하는 삶을 대신 살아야 하는 시대가 아니다. 누군가를 위해서 순장(殉葬) 당할 위험은 없으니 이 얼마나 행복한 것인가?

그렇기에 지금의 우리는 본인이 꿈꾸는 행복의 구체적 목표를 정하고 이를 달성해 나가는 노력만 한다면 그 꿈을 실현할 가능성이 상대적으로 높은 시대에 살고 있다고 할 수 있다. 물론 지금 이슈가 되고 있는 빈부격차의 문제, 금수저 논쟁 등 우리 사회에 직면한 문제들이 가로막고 있기는 하지만……

돈을 많이 벌기를 원하는가? 그것도 가능하다. 언제까지나 건강한 몸을 갖기를 원하는가? 그것도 가능하다. 남들에게 멋있는 사람으로 보이고 싶은가? 그것도 얼마든지 가능하다.

비행 용어에 '크래빙(Crabbing)'이라는 것이 있다고 한다. 비행기가 동쪽으로 가기를 원한다면 기수(비행기 머리)를 동쪽으로 돌려서는 안 되고, 더 멀리 동북쪽으로 돌려야만 목표로 하는 동쪽으로 비행할 수 있다는 개념이란다. 기업에서 사용하는 용어에 '스트레치 골(Stretch Goal)'이란 용어도 이와 비슷한 개념이다. 목표를 설정할 때 달성하기 어려운 과감하고 높은 목표(100%가 아닌 130% 이상을 목표로 함)를 설정하고 노력할 때 우리가 목표로 하는 것(110~120%)을 달성할 수 있다는 것이다.

지금까지 다니던 주(主)된 직장을 그만두고 새로운 직장을 찾아야 하는 중장년들을 상담하다 보면 그들의 관점이 너무나도 단기적이라는 사실에 놀라게 된다. 한번 생각해 보자. 이제 대학을 갓 졸업할 때가 되어서 직장을 찾고 있는 자녀나 조카에게 당신은 무슨 애기를 해줄 것인가?

① 앞으로 네가 사회생활을 해야 하는 시간이 짧지 않으니 다소 시간이 걸리더라도 장기적인 관점에서 네 꿈을 이룰 수 있는 직장을 찾는 것이 좋겠다.
② 요즘같이 먹고 살기 어려운 때가 없었으니, 이것저것 생각하지 말고 당장 급한 문제를 해결할 수 있는 직장을 빨리 찾아야만 한다.

아마 자녀나 조카에게 ②와 같이 애기해 주는 중장년은 없을 것이라고 생각한다. 그런데 왜 본인의 문제에 대해서는 장기적인 관점으로 생각하지 못하는 것일까?

내가 경제 활동을 할 수 있는 날이 많지 않아서?

앞에서도 얘기했지만 통계상 우리나라 국민의 평균 수명은 82세이다. 그리고 우리나라 중장년들이 여러 가지 이유로 주(主)된 직장을 그만두는 평균 나이가 49세라고 한다. 49세에 두 번째 직장을 찾는데 앞으로 몇 년을 바라보고 찾아야 하는 것일까? 3년 내지 5년 정도만 안정적으로 다닐 수 있는 직장을 찾으면 될까?

물론 평균 수명이 82세라고 그때까지 경제 활동을 할 수는 없을 것이다. 하지만 최소한 건강 수명(본인의 의지대로 건강한 일상 생활을 할 수 있는 나이)인 72세까지는 내가 계속할 수 있는 일을 장기적인 관점에서 찾아야 하는 것이 아닐까?

운이 좋아서 60세 정년퇴직까지 첫 번째 직장을 다닐 수 있다고 하여도, 12년이라는 두 번째 경제 활동을 할 수 있는 시간이 있는 것이다. 결코 짧지 않은 시간이다.

82 - 49 = 33, 72 - 49 = 23

제2차 세계대전 중 유대인 수용소에서 끔찍한 일을 겪었지

만 강인한 의지력으로 이를 극복하고 심리학 분야의 전문가로 활동한 빅터 프랭클(Viktor Frankl)은 "우리가 더 높은 열망을 품고 더 높은 곳을 바라봐야만 실제 원하는 곳으로 갈 수 있다"고 얘기했다. 이렇듯 한 사람이 꾸는 꿈은 이왕이면 크게 꾸는 것이 좋다는 것이다. 너무 현실에 안주하여 소박한 꿈만을 가져가는 겸손은 필요 없고, 장기적인 관점에서 나 스스로 충분히 가슴이 뛸 만한 원대한 꿈을 꾸다 보면, 설사 그 꿈을 100% 이루지는 못하더라도 그 목표에 조금이라도 더 다가갈 수 있을 것이다.

내 가슴이 뛸 만큼의 꿈을 꾸자!

우스갯소리로 사람에겐 자신의 나이만큼 키워 온 두 마리의 개(犬)가 있다고 한다. 바로 '편견'과 '선입견'이다. 꿈을 크게 가지기 위해서는 이 두 가지의 개(犬)에서 벗어나야 한다고 한다.

특히 우리 중장년들은 그동안 살아온 시간만큼 삶에 대한 확고한 자신만의 생각을 가지고 있다. 너무나도 당연한 얘기이다. 지금까지 아무 생각 없이 살아온 사람은 당연히 없을 테니. 문제는 이러한 생각이 앞으로 가꾸어야 할 내 꿈을 제한하는 장애물이 되어서는 안 된다는 것이다. 지금 가지고 있는 생각들이 잘못되었을 수 있다는 가능성을 열어놓고 생각해 보는 것이 우선적으로 필요하겠다.

'코이'라는 물고기는 어항에서 자라면 10mm, 연못에서 자라면 5cm, 강에서 자라면 15cm, 바다에서 자라면 50~60cm까지 자란다고 한다. 자신이 처해 있는 환경에 갇혀서 더 이상의 시도를 하지 못하는 결과라고 할 수 있다. 이렇듯 개인도 처음부터 본인의 꿈을 너무 작게 가두어 둘 필요는 없고, 내가 마치 넓은 바다에서 자라는 코이라는 생각으로 내 인생을 마음껏 꿈꾸고 살아가도 좋을 것이다.

지금 내가 걸어가는 길 위에 놓여 있는 이 돌을 내 앞을 가로막고 있는 '걸림돌'로 생각하지 말고, 내가 발전할 수 있는 멋진 '디딤돌'로 생각하는 관점이 필요하다.

그런 의미에서 우리 중장년들이 가져가면 좋을 몇 가지의 꿈을 제안해 보고자 한다. 앞에서도 얘기했듯이 절대 정답은 아니다. 같이 생각해볼 수 있는 '생각거리'를 제시하고자 하는 것이다.

5. 꿈 (1) - 물(水)같이 살자

상선약수(上善若水)라는 사자성어가 있다. 세상의 가장 높고 귀한 최고의 선(善)은 물과 같다는 의미이다. 내가 가장 좋아하는 사자성어인데, 고대 중국의 사상가인 노자가 쓴《도덕경》이란 책에서는 물의 이로움을 이렇게 얘기하고 있다.

水善利萬物而不爭 (물은 만물을 이롭게 하나 다투지 않고)

處衆人之所惡 (모두가 싫어하는 곳에 거할 줄 안다)

故幾於道 (그래서 도와 가장 가깝다)

居善地 (기꺼이 낮은 자리에 거하고)

心善淵 (마음은 깊은 못과 같아서 요동치지 않고)

與善仁 (다른 이와 친하게 사귈 줄 알고)

言善信 (말로써 사람의 신뢰를 얻고)

正善治 (바르게 다스릴 줄 알고)

事善能 (뛰어난 업적을 이루는 데 능하고)

動善時 (움직일 때는 때를 합리적으로 포착하고)

夫唯不爭 故無尤 (그저 오로지 다투지 아니하니, 허물이 없다)

이 중에서 노자는 특히 3가지를 강조하고 있다.

첫째, 물은 만물을 이롭게 한다. 이 지구상에 존재하는 모든 생물 중에 물 없이 살아갈 수 있는 것은 아무것도 없다. 사람도 하루에 대략 2리터 정도의 물을 마셔야만 건강한 생활을 할 수 있다. 사무실이나 가정에서 화분을 많이 키우고 있지만, 그 식물이 필요로 하는 시기에 물을 깜빡 잊고 주지 않으면 반드시 그 화분은 시들해져 버린다. 이렇듯 물은 주위의 모든 만물에게 이익(생명)을 주며, 더 중요한 것은 그 어떤 대가도 바라지 않는다.

둘째, 흐르는 물은 선두를 다투지 않는다. 즉 조화를 이룬다는 얘기다. 개울가를 흘러가는 물은 서로 앞서려고 다투지 않고, 그저 흘러가야 하는 순서에 맞추어 흘러갈 뿐이다.

셋째, 물은 늘 아래로 흐른다. 여름철에 계곡을 가보면 산꼭대기로부터 계곡을 따라서 물은 아래로만 내려올 뿐이지

절대로 위로 올라가는 법이 없다. 물론 요즘은 물이 거꾸로 올라가는 경우(분수 등)도 있긴 하지만 일반적인 자연 상태에서는 여전히 물은 아래로만 흘러내린다.

예전에 《물은 답을 알고 있다》(에모토 마사루 지음)라는 책이 한국에서 공전의 히트를 친 적이 있다. 똑같은 물을 두 그릇에 나누어 담고 '사랑해', '예뻐'와 같은 긍정적인 얘기를 물에게 지속적으로 해주는 경우와 '미워', '싫어'와 같은 부정적 언어를 지속적으로 얘기한 경우, 일정 기간이 지난 후 물의 결정체가 어떤 모양을 나타내는가를 실험한 결과를 정리한 책이다. 놀랍게도 두 경우 물의 결정체 모양이 전혀 상반되게 나타남을 확인할 수 있었다. 긍정적인 말을 들은 물은 결정체가 영롱하게 만들어지는 반면에, 부정적 단어를 들은 물의 결정체는 찌그러지거나 탁한 색깔을 띠게 된다. 그 이후에 쌀, 귤 등에 동일한 실험을 하고 그 결과를 각종 교육에서 설명하는 것이 유행이 되었다.

사람의 몸도 그 구성 요소로 분해해 보면 78%가 물로 구성되어 있다고 한다. 또한 우리가 세상을 살아가는 데 공기와 함께 없어서는 안 되는 소중한 것이 바로 물이다. 우리가 평소에 자신에게 혹은 주위의 사람에게 어떤 얘기를 들려주고 어떤 생각을 하느냐에 따라 우리 몸속의 물 결정체도 그 모양이 달라질 수 있겠다는 생각을 해볼 수 있다.

나의 몸(물)에 어떤 생각과 말을 하는가?

또한 내가 같이 살아가는 주위의 사람들에게 나는 어떤 말을 해주고 그들에게 어떤 영향을 미치는지에 대하여 생각해볼 문제이다. 뭔가 거창한 인생의 목표도 중요하지만 주위의 사람들을 편안하게 해주는 삶을 살다가 가는 것도 꽤 의미 있는 인생이 되지 않을까?

이렇듯 물이 가지고 있는 외형적 중요성뿐 아니라 물이 가지고 있는 특성을 인생사에 비유한 '상선약수(上善若水)'라는 사자성어를 나는 가장 좋아하고, 또 아직은 많이 부족하지만 앞으로 살아가면서 실천할 수 있기를 희망한다.

6. 꿈 (2) - 어울려 사는 삶

어느 인류 학자가 아이들을 모아 놓고서 게임 하나를 제
안했다.

나무 옆에다 아프리카에서는 보기 드문 싱싱하고 달콤한
딸기가 가득 찬 바구니를 놓고 누구든 먼저 바구니까지
뛰어간 아이에게 과일을 모두 다 주겠노라고 했다.

'출발'이라는 신호가 떨어지자 인류 학자의 예상과는 달
리 그 아이들은 마치 미리 약속이라도 한 듯이 서로의
손을 잡았고, 손에 손을 잡은 채 함께 달리기 시작하는
것이었다.

아이들은 과일 바구니에 다다르자 모두 함께 둘러앉아서
입안 가득히 과일을 베어 물고서 키득거리며 재미나게 나
누어 먹었다.

이를 이상하게 생각한 인류 학자가 아이들에게 물었다.

"누구든지 1등으로 간 사람에게 모든 과일을 다 준다고 했는데 왜 손을 잡고 같이 달렸느냐?"

그러자 아이들의 입에서는 '우분트(Ubuntu)'라는 단어가 합창하듯이 쏟아지는 것이었다. 그리고 한 아이가 이렇게 덧붙여 설명해주었다.

"나머지 아이들이 다 슬픈데 어떻게 나만 기분 좋을 수가 있는 거죠?"

우분트(Ubuntu)는 아프리카 반투족의 말로서 '우리가 함께 있기에 내가 있다'라는 뜻이라고 한다.

(※ 출처: https://blog.naver.com/huangguihe/140211832971)

물(水)과 연결되는 얘기가 되기도 하지만 또 하나 우리가 생각해볼 수 있는 주제는 '어울림(조화)'인 것 같다. 흘러가다가 바위를 만나면 그 바위를 돌아서 가고, 웅덩이를 만나면 그 웅덩이를 다 채우고 가는 것이 물인데, 이를 달리 얘기하면 내 주위의 환경에 자기를 맞추어서 나아간다는 뜻이라고 할 수 있다.

너무나 많이 알려진 얘기대로 사람을 뜻하는 한자 '人'은 두 사람이 기대고 서 있는 모습을 형상화한 글자이다. 인간은 태어날 때도 본인의 의지와 노력만으로는 엄마 배에서 나오지 못하고, 누군가의 도움을 반드시 받아야 한다. 뿐만 아니라 다른 동물들과 달리 일정 연령이 될 때까지 끊임없이 다른 사람(부모)의 도움을 받아야만 하는 존재이다. 그 후 인생을 살아가면서도 끊임없이 다른 사람들과 부대끼고 관계를 맺으면서 살아가게 되니, 어찌 보면 인생이란 것이 살아가면서 만나는 환경, 주위의 사람들, 내가 처한 사건들에 대처하는 것의 연속이라고 얘기할 수 있겠다.

바위를 만났을 때 그 바위의 존재를 인정하고 돌아서 갈 것인지, 아니면 '왜 이 자리에 바위가 있어?'라고 짜증을 내면서 그 바위를 밀어버리려고 안간힘을 쓰면서 소중한 시간과 체력을 낭비해 버릴 것인지에 관한 선택의 문제가 바로 한 사람의 인생을 결정하는 것이라고 할 수 있겠다. ('인생은 B와 D사이의 C이다'라는 얘기가 있다. B(Birth: 탄생)에서 D(Death: 죽음)로 가는 과정에서 행하는 수많은 C(Choice: 선택)가 인생이라는 의미이다.)

나는 성격이 다혈질이다(ㅠㅠ). 젊었을 때는 이러한 성격이 남자답다고 생각한 적도 있다. 하지만 사회생활을 하면서 뭔가 불편한 상황이 자꾸 생기다 보니 이 성격이 좋은 것만은 아니라는 생각이 들었고, 나이가 들어서 좀 나아질 것이라고 기대도 했지만 그렇지도 않았다. 아직도 내 생각과 맞지 않는 상황이 벌어지면 그것을 참지 못하는 성향이 다른 동년배들보다도 심한 편이다.

지금까지 살아오면서 가장 부러운 사람들은 어떤 상황에서도 그 상황을 수용하고 받아들이는 사람들이라고 할 수 있다. 젊었을 때는 솔직히 그런 사람들을 답답한 사람이라고 생각하고 뭔가 주도적으로 문제를 해결하지 않는 수동적인 사람이라고 평가하곤 했다. 그러나 지금 와서 생각해 보니 그 사람들이 실행력이 부족하거나 의지가 부족한 사람만은 아니었던 것 같다. 그 사람들은 본인에게 닥친 사건(상황)을 수용하고 받아들였던 것이고, 다소 시간이 걸리거나 본인의 마음에는 들지 않더라도 바위를 돌아서 흘러가는 물처럼 환경에 맞추어서 행동하는 지혜가 있었던 것이다. 나보다는 훨씬 지혜롭게 인생을 살고 있는 것이라 할 수 있겠다.

지금의 환경을 받아들이고 인정할 줄 알아야 한다.

특히 세상을 살다가 마주치게 되는 여러 가지 상황 중에는 통제할 수 없는 상황(예: 기다리는 버스가 오지 않는다)과 통제할 수 있는 상황(예: 빈 시간을 이용하여 책을 읽는다)으로 나눌 수 있는데, 본인이 통제할 수 없는 상황을 받아들이지 못하게 되면 쓸데없이 많은 에너지를 낭비하는 결과가 생기게 되는 것 같다. 그리고 그 과정에서 소중한 무엇인가를 잃어버리게 될 가능성이 커지게 되는 것이다.

특히 주변의 사람들과의 관계에서 의도치 않은 어리석은 결과(예: 버스가 늦게 왔다고 동행하는 자녀에게 짜증을 낸다)를 만들 가능성이 높아질 수 있다. 버스가 늦어진 것은 내 생각과 맞지 않고 내가 기대했던 상황은 아니다. 하지만 어찌할 수 없는 것이다. 선택할 수 있는 것은 버스가 늦어지는 그 시간에 책을 읽는다든지 소중한 사람에게 문자라도 하나 보내는 등 필요한 시간으로 활용하는 것뿐이다.

불교를 믿는 사람들은 절(寺)에 가면 부처님 앞에서 절(拜)을 한다. 요즘은 건강 관리를 위해서 108배를 하는 사람도 많지만, 절(拜)의 본래 의미는 나를 내려놓는 것이라고 한다. 내가 옳다는 것을 내려놓는 수행이 바로 절(拜)이란 것이다. 억지로 몸을 숙여서라도 내 마음과 자만심을 내려놓는 수양이다. 타인이나 환경과의 조화를 위해서 무엇보다도 필요한 것이 바로 나를 내려놓는 것이 아닐까 싶다.

영국 엘리자베스 여왕과 관련하여 핑거볼(Finger Ball) 이야기가 전해진다.

핑거볼은 서양인들의 만찬에서 식사 전에 손을 씻으라고 식탁 위에 올려지는 물그릇인데, 한번은 여왕이 중국 관리들을 만찬에 초대했는데 서양식 식사를 해본 적 없는 중국인들이 핑거볼에 담긴 물을 마시는 차(茶)로 착각하여 마셔버렸다고 한다. 그러자 여왕은 그들이 당황하지 않도록 그것을 같이 마셨다고 한다.

핑거볼에 손을 씻는 것은 '에티켓'이라고 할 수 있다. 하지만 이러한 것에 얽매이지 않고 상대를 배려해 그 물을 같이 마시는 마음, 그것은 바로 '매너'라고 한다. 에티켓이 사회생활에서 일어날 수 있는 충돌을 방지하기 위해 지켜야 할 매뉴얼(儀式, 절차)이라면, 매너는 상대를 존중하고자 하는 마인드(意識)인 것이다. 내가 가지고 있는 기준(에티켓)만을 고집함으로써 주위의 사람들을 배려하고 어울려 살아가는 데(매너) 소홀하지는 않았는지 점검해볼 문제이다.

에티켓 〈 매너

이렇듯 상대를 배려하고 존중해주는 것이 어울려 살아가는 데 반드시 필요하다. 특히 젊은 사람들이 중장년들을 꼰대로 지칭하는 또 하나의 기준이 '자기만의 고집을 내세우는 것'이라는 점을 생각해보면, 존경받는 중장년이 될 수 있는 하나의 방법이 '어울려 살아가는 법'을 익히고 실천하는 삶이 아닐까 한다. 자기 혼자 달리기를 잘한다고 친구들을 제쳐두고 혼자 뛰어가서 맛있는 딸기를 독식하는 것이 아니라, 친구들과 함께 손을 잡고 가서 같이 먹는 아프리카의 어린이들과 같이……

7. 꿈 (3) — 외유내강(外柔內剛)

최근 우리나라 사람들이 즐기는 제1의 취미가 '낚시'로 바뀌었다고 하는데, 얼마 전까지 부동의 1위는 바로 '등산'이었다. 등산을 하다 보면 흔히 만날 수 있는 장면 중의 하나가 떨어지는 물로 인하여 움푹 패인 돌들의 모습이다. 너무나도 연약한 물 한 방울이지만 오랜 시간 꾸준히 돌에 떨어지면서 강한 돌의 모양을 바꾸어 놓은 것이다.

우리에게 익숙한 유도(柔道)라는 경기도 결국은 상대의 강한 힘에 맞서는 것이 아니라 상대의 강한 힘을 역으로 이용하여 부드럽게 상대를 제압하는 운동이라고 할 수 있다. 나에게 달려드는 100kg이 넘는 거구에 맞서지 않고, 그 힘을 이용하여 가볍게 엎어치기 하는 모습은 가히 예술에 가깝다고 할 수 있다. 우리 나라의 전통 무예인 택견도 이와 같은 원리라고 한다.

특히 '목소리 큰 사람이 이긴다'는 얘기도 있듯이 우리는 살아오면서 무조건 상대방보다 강한 모습을 보여야 한다는 암묵적인 교육을 받아온 것 같다. 1등만 기억하는 사회이다 보니 1등을 못할 바에는 목소리라도 커야 한다고 생각한다. 나 또한 성질이 나면 무조건 목소리가 커지는 수준에서 아직도 벗어나지 못하고 있다. 그러나 상대방을 설득하고 제압하는 것은 흥분한 큰 목소리가 아닌 차분하면서도 묵직한 작은 목소리란 것도 우리는 그동안의 경험을 통하여 익히 알고 있다. 다만 실천을 잘 못하는 것일 뿐.

어떤 상황에서도 목소리부터 낮추자!

'빈 수레가 요란하다'는 말이 있다. 본인의 실력이 없으니 요란하고 큰 목소리로 그것을 무마하려는 사람이 많다는 뜻이다. 결국은 스스로 내적인 실력을 쌓으면서 겉으로 타인을 대하는 태도는 부드러운 사람, 이런 사람이 바로 인생을 성공적으로 살아가는 사람이라고 할 수 있겠다.

외유내강과 관련하여 우리가 어릴 때부터 많이 해온 '가위바위보' 게임을 기억하면 좋겠다. 이 게임의 규칙을 생각해 보면 가위를 이기는 것은 바위이지만, 그 바위를 이기는 것은 바로 '보'인 것이다. 결국은 부드러운 것이 강한 것을 이긴다.

8. 꿈 (4) − 자리(自利)의 삶

자신을 이롭게 하고, 더 나아가 타인(남)을 이롭게 하는 것을 불교에서는 '자리이타(自利利他)'라고 표현하고 있다.

요즘 비행기를 참으로 많이 타는 시대가 되었다. 다른 중장년들도 비슷하겠지만 나는 회사에 입사하고 나서 처음으로 해외 출장을 가면서 비행기를 탔었다. 그전에는 제주도 여행도 한 번 가보지 못했기에 비행기를 늦게 타본 경우라고 할 수 있다.

비행기와 관련하여 기억에 남아 있는 장면이 있다. 바로 비행기가 이륙하기 위해 준비하는 과정에서 반드시 듣게 되는 비상사태 발생 시 행동 요령 방송이다.

"안전벨트를 반드시 매고 머리를 숙이고 산소마스크가 천장에서 떨어지면 착용하세요."

그리고 이런 멘트가 연결된다.

"유아를 동반한 승객은 산소마스크가 떨어지면 본인이 먼저 착용하고, 동반 유아를 챙겨주세요"라는 멘트이다.

처음에는 이해가 안 되었다. 내 자식과 같이 비행기를 탔다가 사고가 나면 급하게 자식의 산소마스크를 먼저 착용해 주는 것이 당연한 것 같았다. 그런데 가만히 생각해 보니 맞는 말이었다. 자식을 계속 챙길 수 있기 위해서는 내가 먼저 살아야 하는 것이다. 자식 산소마스크 챙기다가 내가 산소 부족으로 죽으면 자식을 더는 챙길 수 없는 것이니까.

내가 먼저 살아야, 자식도 챙길 수 있다!

나는 불교에서 얘기하는 '자리이타(自利利他)'를 이렇게 단순하게 해석한다.

"나를 먼저 사랑하고 챙기자. 그리고 그 경험(여유)으로 타인을 챙겨주자!"

그렇기에 '나를 먼저 사랑하고 챙기는 것'이 우선적으로 필요한 것이라고 생각한다.

중장년들을 대상으로 교육을 진행하면서 참가자들에게 이

런 질문을 해본다.

"지금 본인에게 가장 주고 싶은 선물은 무엇인가요?"

여러 가지 대답들이 나오지만 내 경험상 가장 많이 나오는 대답은 '여유'와 '휴식'이었다. 그만큼 지금 우리나라의 중장년들은 쉬면서 자기를 챙길 기회가 적다는 것이다. 물론 현실적으로 하루하루를 살아간다는 것이 결코 녹록한 상황은 아닐 것이다. 하지만 어려운 상황임에도 불구하고 내가 먼저 산소 마스크를 착용하여야만 그 다음에 주위의 소중한 사람들을 제대로 챙길 수 있다는 것은 분명하다.

여유와 휴식이란 관점에서 가장 추천하고 싶은 여가 활동이 바로 '여행'이다. 서울대학교 행복연구소에서 분석한 결과, 사람들에게 가장 의미와 재미를 주는 여가 활동으로 여행이 선정되었다고 한다. 여행을 통하여 개인이 느끼는 유능감과 자율성, 관계 증진의 효과가 가장 크기 때문이라고 한다.

이 세상은 오롯이 내가 태어나고 살아가면서 겪는 경험이라고 할 수 있다. 내가 죽으면 이 세상도 없어지는 것이다. 무슨 이상한 염세주의 얘기로 들릴 수도 있겠지만 이 말이 맞다. 그러니 살아 있는 동안 누구보다도 내가 먼저 행복하고 만족스러워야 하는 것이다. 그런데 우리는 성인이 되고 가정을 이루면서 많은 부분에서 이 생각을 잊어버리게 되는 것 같다. 나를 위해서 무언가를 사기보다는 자식을 먼저 챙기게 되는 것을 보면.

회사의 여자 후배 한 명은 초등학교에 다니는 자녀들을 키우고 있다. 후배는 집에서 가족들이 식사를 할 경우에 자녀들을 먼저 먹이고 난 후에 식탁을 깨끗이 치우고 남편과 함께 고급 레스토랑의 분위기를 내면서 분위기 있는 식사를 따로 한다고 얘기했다. 정신 없이 애들을 키우고 있지만 식사만큼은 본인이 원하는 차분한 분위기에서(이미 배부르게 식사를 마친 애들은 식탁 주변에 오지 않고 자기들끼리 놀고 있으니) 음식의 맛을 음미하면서 사랑하는 남편과 식사하고 싶어서 그렇게 한다고 한다. 참으로 지혜롭고 자존감 있는 후배라는 생각이 든다.

이렇듯 내 자신을 먼저 사랑하고 아끼고 챙겨주는 것을 '자존감(自尊感)'이라고 한다. 자기 스스로 존중하면서 대우해 주는 마음이 필요하다. 스스로 존중받아 본 사람만이 다른 사람을 존중할 수 있기에 자존감이 중요하다고 할 수 있는 것이다.

자기 스스로의 자존감을 갖추는 관점에서 가장 중요한 것

이 '화'를 잘 다스리는 것이라고 할 수 있다. 특히 나이가 들어가면서 나와 같이 성격이 다혈질인 사람은 더욱 조심해야 할 부분이라고 생각한다. 요즘 '중년의 갑질'이란 얘기도 있지 않은가?

그런데 우리가 살아가면서 화가 나는 상황이 안 벌어지기를 기대할 수는 없을 것 같다. 문제는 그렇게 생긴 화를 어떻게 본인 스스로 관리하느냐는 것이다. 내 마음속에서 생긴 화를 그대로 방치해 두느냐, 아니면 본인 스스로 그러한 화를 알아채고 그 화를 없애기 위한 노력을 기울이느냐는 것이 자존감과 행복에 직접적으로 영향을 미치게 된다. 지금 사회적으로 문제가 되고 있는 '묻지마 폭행' 등의 범죄 행위가 이러한 화를 잘 다스리지 못한 일부 사람들이 충동적으로 저질러서 생긴다는 것은 이미 알려진 사실이다.

'화'만 잘 다스려도 50%는 성공이다.

'화'를 다스리는 일차적인 방법은 내 마음을 응시하고, '내가 지금 화를 내고 있구나'라는 사실을 알아채고 그 화가 지나가도록 지켜보는 것이라고 전문가들은 얘기한다. 내 마음속에 화가 났다는 사실도 모르는 채 시간이 흘러버리면 대부분의 경우 그 화가 더 커지고 심각해져서 되돌릴 수 없는 상태로 악화되는 경우가 많다고 한다. 마치 스프링을 계속 누르기만 하면 언젠가는 튕겨서 올라오는 경우와 같다는 것이다.

또 이렇게 비유해서 생각해볼 수도 있겠다. 지금 내 주머니에 심한 악취가 나는 소똥이 들어있는데 그것도 모른 채 생활하면서 똥 냄새가 난다고 투덜대는 경우와 내 주머니에 소똥이 있다는 것을 알아챈 순간 그것을 내다 버리는 경우를 비교해 보면 우리는 어떤 경우에 더 행복해질 수 있을까?

내 마음속의 화, 걱정, 불안감 등 여러 부정적인 감정들이 생길 때마다 그것을 알아채고 털어 버리는 생활을 매일 하는 것만으로도 우리는 충분히 행복한 인생을 살아갈 수 있기에, 거창한 인생의 꿈을 얘기하는 것보다도 이러한 작은 실천을 본인의 목표로 삼는 것도 의미 있겠다는 생각이 든다.

인간이라는 존재는 여인숙과 같다.
매일 아침 새로운 손님이 도착한다.
기쁨, 절망, 슬픔 그리고 약간의 순간적인 깨달음 등이
예기치 않은 방문객처럼 찾아든다.
그 모두를 환영하고 맞아들여라.
설령 그들이 슬픔의 군중이어서 그대의 집을 난폭하게 쓸어가 버리고

가구들을 몽땅 내가더라도.

그렇다 해도 각각의 순님을 존중하라.

그들은 어떤 새로운 기쁨을 주기 위해 그대를 청소하는 것인지도 모르니까.

(잘랄루딘 루미 지음)

부정적 감정(화)을 알아채고 없애는 방법으로 추천하고 싶은 것은, 바로 '고무줄 테라피'라는 것이다. 노란 고무줄이나 손목 밴드를 차고 있다가 내 마음속에서 부정적 생각을 한다고 느끼는 순간에 그 고무줄을 튕겨서 부정적 감정이 확산되는 것을 의도적으로 차단시키는 방법이다. (※ 출처: 《김부장 재취업 성공의 비결》 김영희 지음)

나도 꽤 오래전부터 염주를 손목에 차고 다니면서 화가 나는 순간 그 염주를 만지거나 튕기면서 내 마음을 스스로 다스리는 노력을 하고 있는데 꽤 효과가 있다. 주위 사람들은 내가 염주를 계속 차고 있으니 불심이 대단하다고 생각하겠지만……

또 이런 방법들도 참고해 볼 만하다. 사회생활을 하면서 개인이 가장 우울하고 화날 가능성이 높은 사건이 바로 '실직'인데, 실직했을 때의 우울한 감정을 어떻게 극복하면 좋은지에 대한 얘기를 참고해 보는 것도 좋겠다.

1. 모자란 잠을 보충한다.

2. 체력을 기른다. (땀을 흘리는 운동을 한다)

3. 주변의 물리적 환경 변화를 꾀해 본다. (가구 위치 변경 등)

4. 밖으로 나가 산보를 한다. (햇볕을 충분히 쬔다)

5. 다른 사람들에게 눈길을 돌린다. (어려운 사람을 돕는다)

6. 재미있는 작은 모험을 하고, 새로운 무엇인가를 배워 본다.

7. 절친한 사람에게 자신의 기분을 솔직하게 얘기해 본다.

8. 베개를 때려서라도 분노 에너지를 방출한다.

9. 나를 감사하게, 즐겁게, 행복하게 하는 것들을 생각한다.

(※ 출처: 《파라슈트》 리처드 볼스 지음)

정리해보면 '자리(自利)'의 출발은 스스로를 아껴주는 시간을 충분히 가질 때, 내 안에 응어리가 풀리고 다른 사람의 아픔을 들어줄 여유도 생긴다는 것이다. 하루에 30분~1시간이라도 자신의 마음을 들여다보고 나는 어떤 아픔을 겪고 있는지를 알아채고, 그것을 어루만져주는 활동을 해보면 좋겠다. 그리고 일상의 생활에서 화가 날 때 그 화를 효과적으로 관리할 수 있는 자신만의 방법도 하나쯤 가지고 있으면 행복한 삶을 살아가는 데 도움이 될 것이다.

9. 꿈 (5) – 이타(利他)적 삶

먼 옛날 지구에 나타난 공룡은 커다란 몸집을 유지하기 위하여 하루에 0.5~1톤에 가까운 나뭇잎을 먹어야 했기 때문에 공룡의 수가 늘면서 숲이 점차 황폐화되기 시작했다. 살기 좋은 남쪽 지방의 숲이 황폐해지자 공룡들은 좀 열악한 조건이지만 북쪽으로 먹이(나뭇잎)를 찾아 옮겨가야 했는데, 후기 공룡의 화석이 북쪽 추운 곳에서 발견되는 이유는 이 때문이라고 한다. 공룡들이 숲을 황폐화시키면서 먹이 고갈을 자초하고 있는 동안 아주 현명한 생존 전략을 채택한 생물들이 나타났다. '곤충'과 '포유류'가 대표적인데, 그들은 먹이(주로 식물)가 잘 번식하도록 도와주는 생존 지혜를 개발했다.

곤충들은 1억 5천만 년 전부터 꽃가루나 꿀을 먹으며 살아가기 시작했는데, 이들 곤충은 공룡처럼 일방적으로 먹이를 갈취만 하지 않고 식물의 번식에 필요한 '가루받이'를 해줌으로써 먹이의 번식을 돕기 시작했던 것이다. 식물들 역시 바람을 통하여 가루받이를 하는 것보다 곤충을 통하는 편이 더 효율적임을 안 것 같다. 그래서 현화식물(顯花植物)은 그들의 가루받이를 해주는 곤충들이 좋아하는 먹이를 생산하기 위해 꽃을 진화시켰고, 곤충은 꽃의 가루받이를 열심히 해줌으로써 서로서로 번성할 수 있도록 해주는 '주고 받음의 관계'를 형성할 수 있었다.

한편, 식물의 열매를 먹이로 선택한 포유류는 열매를 바로 나무 밑이 아닌 다른 곳으로 옮겨가서 먹거나 그것을 먹은 후 열매 속의 씨를 배변을 통하여 멀리까지 전파시켜 줌으로써 식물의 번성을 도와주었다. 움직일 수 없는 식물들은 포유류가 자기 씨앗을 멀리까지 전파시켜 주는 일이 고마웠을 것이고, 따라서 포유류가 좋아하는 육질이 좋은 열매를 생산하기 위해 노력을 계속했던 것이다.

(※ 출처: 《경영학의 진리체계》 윤석철 지음)

우리도 누군가에게 공룡과 같이 일방적인 갈취를 하는 존재가 아닌, 상호 공존을 위한 '주고 받음의 관계'를 만들어가는 존재가 되어야 하지 않을까?

  기업 경영에서는 흔히 기업을 둘러싸고 있는 이해관계자들, 즉 고객, 주주, 정부, 언론, NGO 등을 '생태계'라고 표현한다. 그리고 이러한 생태계 전체의 건강한 성장에 기여하는 기업만 이 지속 가능하다고 얘기한다. 만약 기업이 환경을 파괴하는 제품을 만들어서 시장에 내놓고, 그 제품으로 인하여 사회가 병든다면 그 기업은 최종적으로 자기들의 제품을 내다팔 시장 자체를 잃게 되기 때문에 기업은 생태계 전체의 건강에 기여해야 한다는 것이다. 그래서 지금 기업 경영에서 화두가 되고 있는 'CSR(Corporate Social Responsibility, 기업의 사회적 책임)' 활동은 사회적 문제를 해결하기 위한 이타적 행위로 생각할 수 있으나 결국은 기업 자신을 위한 아주 이기적인 활동이라고 할 수 있는 것이다.

  개인도 마찬가지라고 생각한다. 내가 만나는 사람들이나 나에게 도움을 주는 사람들이 언제나 건강하고 행복하게 살아야만 나도 지속 가능하게 그 사람들로부터 도움을 받으면서 행복하게 살아갈 수 있는 것이다. 그렇기에 개인의 '이타(利他)'적인 행위도 어찌 보면 지극히 '이기(利己)'적인 행동이라고 할 수 있다. 이런 개념을 '이타적 이기주의'라고 표현하기도 한다.

다른 사람에게 무언가를 베푼다고 할 때 가장 많이 떠올리는 것이 바로 '봉사'인 것 같다.

'Helper's High'라는 의학 용어가 있다. 의학적으로 증명된 개념으로 누군가 다른 사람을 도와주는 행위를 할 때 그 사람 신체상에서 혈압이 안정적 수준으로 떨어지고 엔도르핀 분비가 촉진되는 등 긍정적인 변화가 일어난다는 것이다. 힘든 마라톤 경기를 하는 과정에서 체력적으로 상당히 힘들다가 일정 거리를 달리고 나면 신체가 다시 활성화되는 현상을 'Runner's High'라고 얘기하는데, 이와 아주 유사한 개념으로 볼 수 있다. 그러니 기부나 봉사라는 '이타 행위'는 결국 본인의 건강을 챙기는 지극히 '이기적인 행위'가 되는 것이다.

다른 사람을 위하는 것은 결국 나를 위한 것이다.

그럼 다른 사람을 이롭게 하는 이타적인 행위는 구체적으로 어떻게 할 수 있을까?

우선은 불교에서 얘기하는 '무재칠시(無財七施)'라는 것을 생각해볼 수 있겠다. 말 그대로 돈 들이지 않고 남에게 베풀 수 있는 7가지 방법을 얘기하는 것인데, 일단 돈이 안 든다고 하니 손해 볼 일은 없을 것이다.

① 안시(眼施): 따뜻하고 온화한 눈빛

② 화안시(和顏施): 부드럽고 즐거운 얼굴

③ 언사시(言辭施): 좋은 말과 부드러운 말씨

④ 신시(身施): 일어나 맞이하면서 정성껏 대하는 것

⑤ 심시(心施): 타인이나 다른 존재에 대한 자비심

⑥ 상좌시(牀座施): 언제나 자기 자리를 양보 (경쟁자 포함)

⑦ 방사시(房舍施): 다른 사람에게 쉴 만한 공간을 제공

나는 오늘 마주치는 사람들에게 얼마나 온화하고 따뜻한 눈빛을 보냈는가? 얼마나 좋은 말을 건넸는가?

이것만 잘해도 나는 부처가 되어 가고 있다는 것이니, 한번쯤은 실천해 보고 내 인생의 목표로 삼는 것도 그리 나쁘지는 않을 것이다.

인구는 많지 않지만 전 세계에서 막강한 영향력을 발휘하고 있는 유대인들은 '친절'이 3가지 측면에서 '자선'보다 더 위대하다고 가르친다고 한다.

'자선'은 금전적으로만 행할 수 있지만 '친절'은 금전적으로 행할 수도 있고, 몸소 행할 수도 있다. (예: 아픈 사람에게 문병 가는 것)

'자선'은 가난한 사람에게만 행할 수 있지만 '친절'은 가난한 사람과 부자 모두에게 베풀 수 있다. (예: 슬프거나 우울한 사람을 위로하는 것)
'자선'은 살아 있는 사람에게만 베풀 수 있지만 '친절'은 살아 있는 사람과 죽은 사람 모두에게 베풀 수 있다.
(예: 가난하게 죽은 사람을 제대로 안장해 주는 것)

(※ 출처: 《죽기 전에 한번은 유대인을 만나라》조셉 텔루슈킨 지음)

나는 유대인들이 얘기하는 '친절'이 바로 불교에서 얘기하는 '무재칠시'의 의미와 일맥상통한다고 생각한다.

그럼 일상생활에서 무재칠시를 어떻게 실천할 수 있을까?

많은 방법이 있겠지만 그 중에서 말(言)과 관련된 베풂을 먼저 생각해보면 좋겠다.

평소에 말(言)만 잘 관리해도 성공한다!

우리가 매일의 생활을 하는 것은 다른 사람들과 끊임없이 대화를 하는 과정이라고 할 수 있다. 그렇기에 내가 일상생활에서 타인에게 하는 말을 조심하고 잘하는 것이 타인에 대한 배려의 출발이라고 할 수 있겠다.

불교의 초기 경전인 《숫타니파타》에 이런 얘기가 있다고
한다.

'사람은 태어날 때 입안에 도끼를 가지고 나온다. 어리석
은 사람들은 말을 함부로 함으로써 그 도끼로 자기 자신
을 찍는다.'

(※ 출처: 《물소리 바람소리》 법정 지음)

말을 진중하게 하지는 못하더라도 내 자신과 타인에게 도
끼를 뱉어서는 안 되겠다. 이것이 말(言)을 베푸는 첫 번째 방
법이다.

또한 우리는 상황에 따라서는 다른 사람에게 피드백(조언,
질책 등)을 하는 경우가 생길 수밖에 없다. 그 경우에 그 사람
의 특정 행동을 지적해야지 그 사람의 인간성을 지적하면 안
된다고 얘기한다.

예를 들어 회사에 지각한 후배에게 피드백을 할 때, 지각한
행동이 회사의 규정을 위반한 행동이라는 점만을 얘기해 주
어야지, 지각 한 번 했다고 "너는 왜 그 모양이냐?"라고 그 사
람의 인간성을 지적하면 안 된다는 것이다. 이러면 완전히 '꼰

대'가 되어버린다. 인간을 움직이는 것은 마음이고, 마음의 심장은 바로 자존심이라고 할 수 있다. 자존심을 위해서라면 무슨 짓이든 하는 존재가 바로 인간이다.

이것이 바로 인간관계에서 적을 만들지 않는 가장 기본적인 방법이고, 말(言)을 베푸는 두 번째 방법이라고 할 수 있겠다.

이번에는 입장을 바꾸어서 상대방이 나의 자존심을 건드리는 말을 했을 경우에 어떻게 대응하는 것이 현명한 것이냐는 문제이다.

다른 사람이 나에 대하여 험담을 하는 경우가 생겼을 때 많은 사람들은 그것을 그대로 되돌려주려는 마음, 즉 복수의 마음을 먹게 된다. 그런데 이렇게 생각해 보자. 우리가 손님을 대접하기 위하여 음식을 잔뜩 준비했는데 손님이 먹지 않고 돌아가면 그 음식은 주인이 다 먹어야 된다. 이와 마찬가지로 나에게 들리는 험담에 마음을 뺏기지 않고 내버려둔다면 그 험담은 고스란히 그 말을 뱉은 상대방의 몫으로 돌아가게 되는 것이다. 중요한 것은 그 험담에 내 마음을 빼앗겨 마음고생을 하게 되면 본인에게만 손해가 된다는 점이다.

마지막으로, 내가 가장 존경하는 법정 스님의 말씀을 인용하고 싶다.

"직장이 '외나무 다리'가 되어서는 안 된다. 우선 같은 일터(학교)에서 만나게 된 인연에 감사를 느껴야 한다.

(중략)

남을 미워하면 저쪽이 미워지는 게 아니라 내 마음이 미워진다. 아니꼬운 생각이나 미운 생각을 가지고 살아간다면 그 피해자는 누구도 아닌 바로 나 자신이다. 하루하루를 그렇게 살아간다면 내 인생 자체가 얼룩지고 만다."

(※ 출처: 《무소유》 법정 지음)

지금의 느낌, 생각, 아이디어를 메모해 보자!

제2장

변화

『사물의 성질, 모양, 상태 따위가
바뀌어 달라짐』

。

이 세상에 유일하게 변하지 않는 것은,
세상 모든 것은 변한다는 사실 자체이다.

。

1. 변화, 변화 관리

세상에서 변하지 않는 것은 오직 '세상 모든 것은 변한다는 사실' 하나라고 한다. 모든 사람은 순간순간 늙어가고 있고, 나무는 계속 자라고 있고, 하늘의 구름도 매시간 위치가 바뀌면서 변해 간다. 모두 변하는 것이다. 우리가 흔히 '한때'라고 얘기하는 것도 그 의미이고, 불교에서 말하는 '무상(無常)'도 같은 의미라고 생각된다. 나에게 닥친 어려움도 언제까지 지속되면서 죽을 때까지 괴롭히는 일은 절대 없을 것이다. 그러니 곤란한 일을 당하면 "왜 하필 나야?" 하고 불평하지 말고 "이 어려움도 오래가지 않고 곧 없어지겠지만, 여기서 무엇을 배우고 깨달아야 하는가?"라고 생각해 보면 어떨까?

그런데 모든 사람들은 자신에게 닥친 변화에 대하여 일정한 패턴을 가지고 반응하게 된다고 한다.

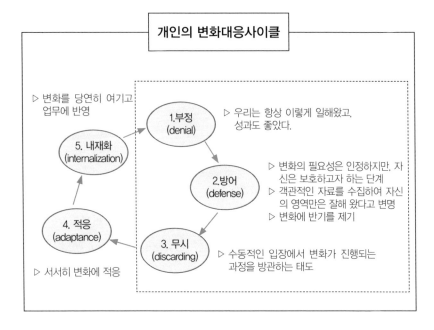

새로운 변화에 직면하게 되면 대부분의 사람들은 처음에는

당황하고 움츠러 들게 된다. 왜냐하면 어떤 변화라도 그것은

기존의 익숙한 것에서 바뀌는 것이라서 어색하고 낯설기 때문

에 어쩔 수 없이 이런 반응이 나타나게 된다고 한다.

'변화'는 누구에게나 어색하고 힘들다.

올해(2018년) 여름이 참으로 더웠다. 예전에 출장 다녔던 아프리카의 에티오피아(Ethiopia)보다 더 더웠다. 기후 변화(온난화)로 인하여 한반도의 기후 자체가 이제는 완전한 아열대로 접어드는 것 같다. 이전에 우리가 살면서 경험한 여름과는 차원이 다른 여름을 지냈다. 이런 변화가 닥쳐왔을 때 모든 사람은 처음에는 '왜 이러지?'라고 당황하기도 하고, '하루이틀 지나면 괜찮아지겠지.'라고 무시해 버리곤 한다. 하지만 열대야가 오랜 기간 지속되고 뜨거운 폭염이 일시적인 현상이 아니란 것이 명확해지면 폭염에 대응하고 살아남기 위하여 필요한 변화 활동을 실행하게 된다.

나의 경우는 일단 저녁에 마시는 술을 줄이게 되었다. 밤에 숙면을 방해한다는 것을 경험적으로 느끼기 때문이다. 그리고 이전에는 각자의 방에서 자던 우리 가족 4명이 거실에 에어컨을 틀어놓고 같이 자기 시작했다. 또 평소에는 얼굴이 끈적거린다는 이유로 바르지 않던 선크림도 열심히 바르게 되었다. 누구든 폭염이라는 변화에 대하여 이러한 과정을 거쳐서 적응하고 본인의 생활을 관리해 나가게 되는 것 같다.

문제는 앞 부분의 부정/방어/무시의 부정적 시기를 얼마나 단축하느냐에 따라 같은 변화라도 각 개인에게 미치는 영향에서는 차이가 발생한다는 점이다. 폭염이 일시적인 현상이 아니라 올해 여름 지속될 것이란 점을 빠르게 인식하고 본인의 생활 방식을 폭염에 대비하는 것으로 빠르게 바꾸는 것이 중요하다는 것이다. '내가 지금까지 살아보니 이런 더위는 일주일만 참으면 돼'라고 생각하다가 괜히 본인만 고생하는 경우가 생기면 안 되겠다. (강렬한 햇빛에 얼굴이 다 타고 나서, 뒤늦게 선크림을 아무리 열심히 발라도 효과 없다.)

블랙 스완(Black Swan)이란 용어가 있다. 예전에 유럽 사람들은 백조는 당연히 흰색만 있는 줄 알았다. 그런데 새롭게 발견된 호주 대륙에서 검은색의 백조가 관찰된 것이다. 이렇듯 '극단적으로 예외적이어서 발생 가능성이 없어 보이지만 일단 발생하면 엄청난 충격과 파급 효과를 가져오는 사건'을 블랙 스완이라고 한다.

우리는 앞으로 지구 온난화의 여파로 기후적으로 예상하지도 못한 많은 변화들을 겪지 않을까 생각된다. 그러한 블랙 스완 같은 변화가 닥쳤을 때 어떤 자세를 취할 것인가를 생각해 볼 문제이다.

기후뿐 아니라 중장년들은 많은 변화를 필연적으로 겪게 된다. 직장에서의 위상이 바뀌고, 나날이 성장하는 자녀들과의 대화에서 새로운 어려움을 느끼고, 하루하루 체력은 떨어지고, 어느 날 갑자기 내 인생에 대하여 자괴감도 느껴진다. 이러한 변화들에 대하여 앞에서 얘기한 변화 대응 사이클 관점에서 어떤 태도를 취하고 활동할 것인가를 진지하게 고민해봐야 한다.

어느 전직 지원 전문가로부터 이런 얘기를 들었다.

"중소기업에서 퇴직하는 것은 건물 1층에서 떨어지는 것에 비유할 수 있다. 중견 기업에서 퇴직하는 경우는 5층 정도에서 떨어지는 것이다. 그런데 대기업에서 퇴직하는 경우는 건물 10층에서 떨어지는 경우로 비유할 수 있다. 그것도 낙하산 없이……"

그만큼 직장에 다니는 중장년들이 사회생활을 하면서 겪게 되는 이직과 전직이라는 변화는 개인에게 엄청난 충격을 주는 사건인 것이다. 이러한 충격적인 변화에 대비하여 무엇을 준비하고 있는가? 반드시 고민해봐야 할 문제인 것 같다.

기업도 매일매일 바뀌는 시장 상황이라는 변화 속에서 그 기업이 목표로 하는 성과를 창출하기 위하여 다양한 활동을 전개한다. 그것을 통칭하여 '변화 관리(Change Management)

활동'이라고 한다. '예측 불가능하고 불확실한 대내외 환경과 경영 맥락(Context) 변화에 효과적이고 효율적으로 대응하기 위해서 변화 계획을 수립하고 변화를 실행하고 촉진해 나가는 프로세스'라는 의미이다.

변화 관리와 관련하여 핵심적으로 이해가 필요한 개념이 'Valley of Despair'이다.

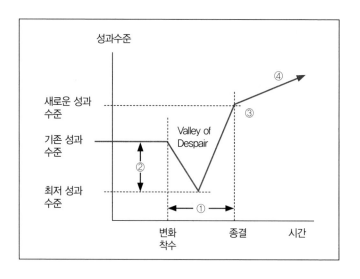

개인이나 기업에 어떤 변화가 생기면 기존 방식에서 창출하던 성과 대비 일정 기간 동안은 성과가 떨어질 수밖에 없다.

예를 들어, 우리가 오른손으로 밥을 떠먹다가 어느 날부터 왼손으로 먹는 것으로 바꾸었을 때 초기에 밥도 흘리고 밥 먹는 속도도 이전보다는 떨어지는 경우를 생각해 보면 된다.

1990년대 말 한국 기업에 '고객 만족 경영'이 화두가 된 적이 있었다. 그래서 모든 기업이 고객 만족을 위한 변화 활동을 추진했다. 내가 근무하던 기업에서도 몇 가지의 활동을 실행했던 기억이 있는데 그 중의 하나가 사무실에 걸려오는 모든 전화를 받을 때 "감사합니다. ㅇㅇㅇ부서의 ㅇㅇㅇ입니다." 라는 인사를 하는 활동이었다. 이 활동이 도입되고 난 직후에 기존에 간단히 "여보세요?"라는 한 마디만 하면 되던 직원들의 업무 추진상의 불편함은 급격하게 증가할 수밖에 없게 된다. 이 멘트를 하는 것이 습관화가 되기 전까지는.
이렇듯 기업에서 새로운 변화 프로그램을 도입할 때는 초기의 성과나 만족도가 떨어지는 정도를 경쟁사 대비 어떻게 적게(위 그림의 ② 구역)하고, 얼마나 빠른 시간 내에 그 계곡을 빠져 나오느냐가(위 그림의 ① 구역) 성공의 관건이 되는 것이다.

지금 모든 기업에서는 4차 산업혁명이 단연 화두이다. 마치 4차 산업혁명에 필사적으로 대응하지 않으면 내일 당장 망할 것 같은 느낌이 들 정도이다. 그래서 사업 구조를 재편하고, 내부 임직원에 대한 AI(인공지능) 등에 대한 기술 교육을 시키고, 관련 분야의 외부 협력 파트너를 빠르게 확보하는 등 일련의 변화 활동을 실행하고 있다.

왜? 일차적으로는 환경 변화 속에서 망하지 않고 살아남기 위해서 그렇게 할 수밖에는 없는 것이고, 더 나아가서 비전(Vision)을 달성하기 위하여 이런 노력을 하는 것이다. 이러한 변화 활동으로 인하여 기업이 창출하는 성과에 차질이 생기지 않도록 Valley of Despair에 대한 관리도 철저히 하고 있는 것이다.

2. 꿈 이루기

기업이 비전(Vision)을 실현하기 위하여 앞에서 설명한 체계적인 변화 관리 활동을 실행해 나가는 것과 같이, 개인도 당연히 단지 꿈만 꾸고 있어서는 안 된다.

꿈을 그리더라도 최대한 구체적으로 그려보고, 그 꿈을 실현하기 위해 해야 할 모든 일들을 상세하게 적어보자. 그 일에서 할 수 있는 것과 배워야 하는 것을 구분하여 부족한 능력을 키워나갈 방법을 찾아 실행하고, 무엇보다 꿈을 실현해 나가는 과정에서 어떤 변화가 닥쳤을 때 그 꿈을 포기하는 것이 아니라 실현하기 위하여 변화를 어떻게 관리해 나갈 것인가를 고민하고 실행해야만 비로소 꿈을 이룰 수 있는 것이다. '행운'만을 쫓으며 기다려서는 안 된다는 얘기이다.

흔히 하는 얘기 중에 '운칠기삼(運七技三)'이란 얘기가 있다. 사람이 뭔가를 이루고자 할 때는 기술(역량)도 30% 필요하지만, 그 사람에게 운(運)이 70% 따라주어야 한다는 의미이다. 하지만 '기삼(技三)'을 갖추지 않은 사람에게 과연 운(運)이 올 것인지, 또 운(運)이 온다고 해서 그것을 잡을 수 있는지를 생각해 봐야 한다.

'진인사대천명(盡人事待天命)'이란 얘기도 있듯이 내가 지금 처한 환경, 새롭게 다가온 변화에 대하여 최선을 다해서 대응하는 노력을 먼저 하면서 운(때)을 기다려야 하는 것이다.

'1만 시간의 법칙'이란 것이 있다. 어떤 분야이든 1만 시간만 투자하여 공부하고 연습하면 그 분야의 전문가가 되고 꿈을 이룰 수 있다는 법칙이다. 1만 시간이란 일주일에 20시간(하루에 3시간 정도)을 10년 동안 투자하면 채울 수 있는 시간으로 계산된다. 명확한 목표(꿈)를 세우고, 이를 달성하기 위하여 지금부터 10년간 하루 3시간만 투자하면 된다는 것이다.

요즘 인터넷이나 언론을 통하여 우리는 많은 사례들을 접하고 있지 않은가? 환갑이 넘어서 한글 공부를 시작한 어머니, 80세에 시집을 발간한 시골 할머니 등.

중장년들에게도 아직 남은 시간은 충분하다. 이 시간을 어떻게 본인의 꿈을 실현하기 위하여 효과적으로 사용하느냐 하는 문제만 남은 것이다.

자신의 꿈을 이루기 위한 하루 3시간 X 10년!

아직은 우리나라에 노벨상 수상자가 없다. 그런데 우리와 이웃한 일본은 벌써 20명이 넘는 노벨상 수상자를 배출하여 부러움을 사고 있다. 일본에서 수상자가 많이 배출될 수 있었던 원인으로 '헤소마가리(へそ曲がり・외골수)' 정신을 꼽고 있다고 한다. 자기가 정한 목표를 향해 꾸준히 나아가는 태도를 의미한다. 지금 당장 주변의 평가에 연연하지 않고, 다른 사람과 비교하지 않고 목표를 달성하기 위해 다소 답답해 보일 정도로 나아가는 '우직함'이 바로 노벨상을 가능케 한 중요한 요인이었다는 얘기이다.

나도 이런 목표와 그림을 가지고 우직하게 꿈을 실현해 나가는 노력을 하고 싶다. 그런데 그것이 잘 안 되는 것 같다. 우선 나이가 들어가면서 머릿속이 너무 복잡해진다는 느낌을 많이 받는다. 그래서 아래의 얘기들을 지속적으로 되새기고 실천하고자 노력하고 있다. 여러분은 어떤 생각으로 본인의 꿈을 가꾸어 가고 있는가?

　내가 졸업한 중학교의 교훈이 40여 년이 다 되도록 잊혀지지 않는다.

> **"순간적인 감정에 살지 말고,**
> **큰 흐름에서 나를 찾으라."**

3. 현재에 집중하자

지금은 기억이 가물거리지만 예전에 학교에 다니다 보면 꼭 이런 친구가 있었다. 수학 시간에 국어 공부하고, 국어 시간에 영어책 꺼내서 보는 친구. 그들이 과연 공부를 잘하는 것일까? 그리고 그들은 왜 그런 행동을 하는 것일까?

영화를 보러 갔다가 영화관에 늦게 들어가는 경우에 흔히 '앞에 뭔가 중요한 장면은 없었을까?'라는 생각에 사로잡혀 당장 눈앞의 장면에 집중하지 못한 경우도 있었다. 그래서 결국은 영화가 끝나고 난 후에 무슨 영화를 봤는지도 잘 모른다. 우리 인생도 지나간 시간에 집착하거나 사로잡히면 정작 중요한 현재(오늘)의 소중한 것을 놓치게 되는 것 같다.

흔히 사람에게는 3가지의 걱정이 있다고 한다. 과거 일에 대한 후회, 미래 일에 대한 두려움, 현재에 대한 걱정. 그런데 이 중 내가 통제할 수 있는 것은 무엇일까?

이미 지나간 과거의 일을 후회한다고 해서 그것을 절대로 되돌리지는 못한다. 또한 내가 미래에 대하여 어떤 두려움을 느끼더라도 그 일이 일어날 가능성은 50%밖에는 되지 않는다. 되돌릴 수 없는 과거의 일로, 아직 오지 않은 미래에 대한 걱정으로 '지금'을 놓치면 안 되는 것이다. 지금을 어떻게 사느냐에 따라 나의 미래가 결정된다는 점에서 현재에 최선을 다하는 것이 미래에 대한 두려움을 해결하는 유일한 방법이란 점을 명심하자.

Here & Now

길을 가다가 걸려서 넘어지는 것은 덩치 큰 바위 때문이 아니라 작은 돌부리 때문이라고 한다. 이렇듯 인생을 살아가면서 본인이 목표로 하는 것을 달성해 나가는 과정에서 우리를 좌절하게 만드는 것 또한 대단히 큰 이유가 아니라 사소한 이유 때문인 경우가 많은 것 같다. 반대로 생각해 보면 다른 사람에 비하여 뭔가 탁월한 성과를 창출하는 것도 큰 차이가 아니라 작고 사소한 차이에서 기인하는 경우가 많다는 것이다. 우리가 많이 하는 얘기 중에 '2%가 부족하다'는 표현은 바로 이런 경우를 일컫는 것이다.

우리는 '깨진 유리창'에 주목할 필요가 있다. 스탠퍼드 대학의 필립 짐바르도(Philip George Zimbardo) 교수가 주창한 '깨진 유리창의 법칙'은 작고 사소한 결핍 하나로 부정적인 변화가 가속화되는 현상을 얘기한다. 예를 들어 식당을 찾은 손님이 더러운 얼룩이 진 벽면을 보면서 그 식당의 위생 상태를 의심하게 되어 결국은 그 식당을 찾지 않는 것과 같다.

이와 같이 우리 주변을 보면 '깨진 유리창'을 빨리 찾고 개선하지 않아서 큰 문제로 연결되는 경우를 많이 볼 수 있다. 식당 사장은 어제 우리 가게에 손님이 적었다는 것을 후회하거나 다음 주에 우리 가게 옆에 다른 가게가 오픈할 것을 염려하지 말고, 그 시간에 오늘 당장 내 가게의 먼지 하나라도 깨끗이 닦는 노력을 하는 것이 더 현명한 것이다.

개인의 생활도 마찬가지다. 과거에 대한 후회나 미래에 대한 두려움보다는 현재 나에게 '깨진 유리창'은 없는지를 살펴보고 개선함으로써 나의 행복한 미래를 가로막는 '작은 돌부리'를 제거하는 것이 필요하다.

4. 시간 관리

온갖 이슈와 걱정거리가 매일 나를 괴롭히는 상황에서 현재에 집중해서 충실하게 살아간다는 것이 말처럼 쉬운 일은 아니다. 그래서 우리는 우선적으로 모든 사람들에게 공평하게 주어진 24시간을 효과적으로 관리하는 방안을 고민해 봐야 한다.

바쁜 직장인들에게 시간 관리만큼 어려운 것은 없다. 직장에 오래 다닌 사람 중에도 시간 관리를 제대로 하지 못해서 어려움을 겪는 사람들이 많은 것 같다. 우리는 자녀들에게 시험 공부를 할 때 전략 과목 중심으로 시간 배정을 잘해서 공부하라고 잔소리를 하곤 한다. 그럼, 나는 잘하고 있는가?

누구에게나 하루는 24시간이다.

일반적으로 시간 관리의 원칙으로 가장 많이 제시하는 것이 바로 '중요한 일을 먼저 하라'는 것이다. 내가 오늘 해야할 일들이 여러 가지 있지만, 그 중에서 나에게 가장 중요한일(나의 꿈을 실현하는 데 필요한 활동)을 제일 먼저 하고, 그 다음 중요한 일을 순차적으로 처리하는 습관이 필요하다는 얘기이다.

나는 회사에 다니면서 'ERRC'라는 시간 관리 방법을 배웠다. 내가 하루에 해야 할 일을 'E(Eliminate): 제거해야 할 것', 'R(Reduce): 줄여야 할 것', 'R(Raise): 더 해야 할 것', 'C(Create): 새롭게 할 것'으로 나누고 일을 함으로써 하루의 전체 시간을 효과적으로 사용하도록 하는 방법론이다.

여기에서 중요한 것이 바로 E(제거)와 R(단축)의 활동을 잘 찾아내는 것이다. 어차피 우리가 사용할 수 있는 시간은 하루 24시간으로 제한되어 있기에 내가 사용하는 시간 중 불필요한 시간을 줄이지 못하면 새롭고 가치 있는 활동을 할 수 있는 시간을 확보할 수가 없기 때문이다.

한때 '아침형 인간'이 유행처럼 얘기되던 때가 있었다. 아침에 일찍 일어나서 활동하지 않는 사람들은 이상하고 시대에 뒤떨어진 사람으로 인식되기도 했었다.

우리나라만큼 '조찬 미팅'이 많은 나라도 없다고 한다. 낮에는 다들 시간 내기가 쉽지 않으니 아침 일찍 모여서 세미나도 하고 미팅도 하는 그런 모임이다. 물론 주어진 시간을 효율적으로 사용한다는 측면에서는 분명 의미 있는 활동이다. 문제는 '아침'이라는 시간을 고집한다는 것이다. 사람에 따라서는 아침형 인간도 있고, 저녁형 인간도 있고, 올빼미형 인간도 있다. 자신이 맑은 정신으로 집중해서 본인의 꿈을 실현하는 활동을 할 수 있는 시간을 잘 찾아서 하면 되는 것이지, 다른 사람을 따라서 굳이 아침에 힘들게 일어나지 않아도 된다는 것이다.

요즘 우리나라는 '근로 시간 단축'이라는 이슈와 맞물려 직장인들이 퇴근 시간 이후에 자기 계발을 할 수 있는 다양한 기회가 새롭게 생기고 있다.

그런데 최근 전혀 상반되는 2개의 기사를 보았다. 근로 시간 단축 이후 저녁 시간에 학원들은 자기 계발을 하려는 직장인들로 넘쳐 난다는 기사(2018. 7. 23. 동아일보)와 그동안 야근과 오랜 장시간 근무에 익숙해 있는 중장년 직장인들이 정시 퇴근 이후에 정작 갈 곳이 없어서 헤매고 있다는 기사(2018. 8. 8. 헤럴드경제)이다. 전자는 지금 우리나라 직장인들의 '저녁이 있는 삶'을 대변하는 기사인 반면 후자는 집에 일찍 가려니 가족들도 당황스럽고, 본인도 아주 어색해 씁쓸하다는 기사이다.

아무쪼록 우리 중장년들이 근로 시간 단축이라는 환경 변화에 빨리 적응하여 아침에 어학 학원을 다니든, 저녁 퇴근 이후에 동네 문화센터를 찾아가든, 아니면 자기 스스로 자율 활동을 하든 본인에게 맞는 자기 계발 활동을 찾아서 효과적으로 본인의 인생 목표를 관리해 나갈 수 있기를 기대한다. ('근로 시간 단축'으로 생기는 저녁 시간은 오롯이 나에게 주어지는 선물이다.)

5. 지나친 욕심 버리기

밀림에서 원숭이를 잡을 때 나무 둥치에 원숭이 손이 간신히 들어가는 구멍을 뚫어놓고 바나나를 넣어 놓으면, 조심스럽게 다가온 원숭이가 바나나를 잡으려 손을 넣게 된다. 그러나 바나나를 움켜쥔 손은 작은 구멍에서 뺄수 없기에 원숭이는 결국 잡히게 되고 만다. 손에 쥔 바나나만 놓으면 도망칠 수 있는데 원숭이는 그 욕심을 버리지 못해 번번히 잡히고 마는 것이다.

이렇듯 인간을 포함한 모든 동물들이 하는 행동은 '욕구'에서 시작된다고 할 수 있다. 그리고 모든 욕구가 다 나쁜 것은 아니다. 욕구가 있고 욕심이 있기에 이것도 저것도 해보겠다는 마음이 생기는 것이고, 그 결과 무엇인가를 이루게 되는

것이니까. 문제는 바나나를 더 먹겠다는 욕구 때문에 결국은
목숨을 잃게 되는 원숭이의 경우와 같이 욕구로 인하여 자신
의 행동을 조절하지 못할 때 생기는 것이다.

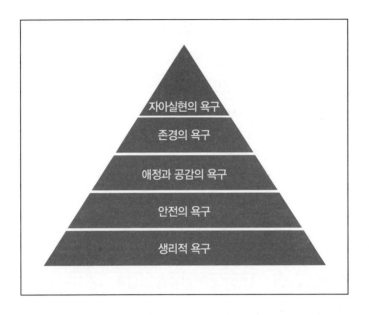

경영학에서는 이러한 인간의 욕구를 아주 중요한 연구 대
상으로 분석하고 있다. 그 중에 가장 대표적인 이론이 바로
매슬로우(Abraham H. Maslow)라는 심리학자가 주장한 '욕구
단계설'이다. 인간은 5가지의 욕구를 충족시키기 위해서 단계
별로 행동하게 된다는 이론인데, 5가지의 욕구를 간단히 설명

해 보면 아래와 같다.

가장 아래에 있는 '생리적 욕구'는 삶 자체를 유지하기 위한 가장 원초적인 욕구라고 할 수 있다. 배고프고 목마르고 잠 자고 싶은 욕구들을 얘기하고 있으며, 이러한 욕구 때문에 사 람들은 밥을 찾아서 먹고 물을 마시고 매일 일정한 시간에 잠 을 자는 행동을 하게 되는 것이다.

이러한 생리적 욕구가 충족되고 나면 인간은 2단계로 '안 전의 욕구'를 충족시키고 싶어한다. 신체적·정신적 위험으로 부터 본인을 보호하고 싶어하는 욕구라고 할 수 있다. 자신 의 신체에 위협이 올 때 그것을 피하는 행동을 하거나 스트 레스가 쌓이는 상황을 회피하는 행동들이 이 욕구로부터 시 작된다.

안전 욕구가 충족되고 나면 인간은 3단계로 '사회적 욕구' 를 충족시키려고 한다. 흔히 인간은 사회적 동물이라고 하는 데 바로 이 욕구와 관련이 있다. 학교나 직장 등에 소속되거 나 그러한 집단으로부터 자신이 받아들여지기를 원하는 욕구 라고 할 수 있다. 더 나아가 주위의 사람들과 널리 관계를 맺 고 싶어하는 욕구도 바로 이것이다.

4단계 욕구는 '존경의 욕구'다. 자기 스스로의 자존과 자율 을 성취하고 다른 사람으로부터 인정을 받고 싶어하는 욕구이다. 일반적으로 정치를 하는 사람들이 다른 사람들에게 영향력을 발휘하는 행동을 하게 되는 것이 이 욕구의 충족과 관련이 있다는 것이다.

마지막 인간의 가장 높은 수준의 욕구는 바로 '자아 실현의 욕구'다. 자신이 이룰 수 있거나 되고 싶은 것을 성취하려는 욕구를 말하는 것이다. 즉 계속적인 자기 계발을 통하여 지속적으로 성장하고 발전하고 싶어하는 인간의 욕구가 여기에 해당된다.

그렇다면 내가 지금 일상 생활에서 주로 하는 행동들은 어느 수준의 욕구를 충족하기 위한 행동인가?

인간은 여러 가지의 욕구를 가지고 있고 이러한 욕구가 인간의 다양한 행동을 이끌어 내는 동인(動因)이 된다. 다른 동물들과 달리 지금과 같은 문명을 발전시킨 원동력이 바로 인간이 가진 욕구라고 생각한다면, 기본적으로 인간이 가진 욕구는 아주 긍정적이고 좋은 것이라 할 수 있겠다. 문제가 되는 것은 사람들의 '과욕(過慾)'이다.

예전에 한 여행자가 마을 사람에게 물었다.

"다음 마을까지 얼마나 걸리나요?"

그 마을 사람이 대답하기를 "서두르면 하루, 느릿느릿 가면 대여섯 시간이 걸린다오."

여행자는 이해가 되지 않는 마을 사람의 얘기를 뒤로 하고 서둘러 마차를 몰았다.

도중에 너무 빨리 달리다가 마차 바퀴가 부서지고 그것을 고치느라 다음날 아침이 되어서야 마을에 도착할 수 있었다.

마을 사람의 얘기가 맞는 말이었다.

바로 욕속부달 (欲速不達, 어떤 일을 급(急)하게 하면 도리어 이루지 못함)의 경우이다.

여행을 갈 때 무거운 배낭을 지고 떠나면 여행 다니는 내내 참 피곤하고 힘들어지게 된다. 물론 반드시 필요한 물건만을 챙겼는데도 여행 기간이 길어서 그렇다면 어쩔 수 없겠지만, 짧은 여행에도 욕심 때문에 굳이 필요 없는 물건까지 넣다 보면 무거워지는 경우가 많다. 마찬가지로 인생이 피곤해지는 것도 너무 많은 걸 껴안고 살아가기 때문은 아닐까? 내가 통제할 수 없는 것이나 나에게 의미가 적은 것을 얻기 위해 바둥거리는 것, 남들과 비교해서 무작정 무언가를 채우려는 습관, 이런 것들이 내 인생의 여행을 더 피곤하게 만든다는 생각도 해 볼 필요가 있다.

나의 배낭에 담겨 있는 쓸데 없는 것은?

우리는 흔히 일확천금을 기대하곤 한다. '99클럽'이라는 얘기가 있다. 낮은 신분과 적은 수입에도 불구하고 친절하고 삶(생활)에 만족하며 행복해하는 사람에게 금화 99닢을 주면 그 사람은 오히려 100닢이 아닌 것에 실망하며 나머지 한 닢을 채우기 위하여 평소와 달리 악착같이 살아가게 된다는 얘기다. 그동안 다른 사람에게 친절했던 행동마저도 더 이상 하지 않고 재물의 노예가 되어 모든 행복을 걷어 차게 되는 것이다.

하버드 대학교의 심리학 교수인 댄 길버트(Dan Gilbert)는 로또에 당첨된 사람들을 연구했는데, 로또가 주는 행복의 효과가 평균 3개월이 지나면 사그라진다는 것을 확인했다고 한다. 큰 집을 구입하거나 사치스러운 물건을 새롭게 소유하게 되었을 때도 비슷한 결과를 확인할 수 있다고 한다. (※ 출처: 《스마트한 생각들》 롤프 도벨리 지음)

바라건대 나부터라도 입으로는 말을 줄이고, 위장에는 밥을 줄이고, 마음에는 욕심을 줄일 수 있으면 좋겠다.

불교에서는 인간이 가진 번뇌 3가지를 '삼독(三毒)'이라고 하고, 이것 때문에 인간은 고통에 빠진다고 가르치고 있다. 첫째 탐욕[貪]은 작은 것에 만족할 줄 모르고 필요 이상을 바라고 추구하는 것이고, 둘째 성냄[瞋]은 특정한 상황에서 화를 내는 것, 즉 내가 싫어하는 대상에 화를 내며 없애고자 하는 것을 얘기한다. 셋째 어리석음[癡]은 어리석어서 옳고 그름을 잘 분별하지 못하고 해야 할 일과 안 될 일을 구분하지 못하는 행동을 말하는 것이다. 그 중에서 우선적으로 탐욕만 줄이더라도 우리는 훨씬 더 행복한 생활을 할 수 있다는 얘기다.

인간의 탐욕 중 가장 일반적인 것이 식탐(食貪)이라고 할 수 있는데, 십장생(十長生, 오래 장수하는 10가지 생물) 중의 하나인 학(鶴)은 언제나 위장의 1/3은 비워두는 습관을 가지고 있다고 한다. 특히 나이가 들어가면서 점점 늘어나는 뱃살 때문에 고민이 많은 우리 중장년들은 다이어트와 장수를 생각하면서 한번쯤 음미해 볼 만한 얘기인 것 같다. 물론 쉽지 않다.

지나친 욕심을 좀 더 쉽게 버리는 방법은 내가 가진 욕구를 다음의 3가지로 구분해서 생각해 보고, 각각의 욕구에 대한 본인의 관리 방법을 찾아보는 것이다.

먼저, '생리적 욕구'이다. 이것은 배고플 때 먹고 싶고, 피곤할 때 자고 싶다는 기본적인 욕구를 얘기하며 이 욕구는 기본적으로 충족시켜야만 하는 욕구이다.

두 번째는 '욕망'에 해당하는 욕구들이다. 더 좋은 집에 자고 싶고, 남보다 내가 더 높은 곳에 있고 싶은 욕구들을 얘기한다. 기본적인 '생리적 욕구'는 어느 정도 한계가 있는데(배고플 때 밥을 어느 정도 먹고 나면 더 먹고 싶은 생각이 안 든다.), '욕망'은 끝이 없다고 한다. 그렇기에 본인 스스로 절제하는 노력이 반드시 필요한 영역이라고 할 수 있다.

세 번째는 '과욕'이라고 부르는 욕구들이다. 과음, 과식 등 나에게 손해가 됨에도 불구하고 계속하게 되는 아주 나쁜 욕구들이다. 이 과욕은 무조건 버리겠다는 생각이 필요하다.

(※ 출처: 《야단법석》 법륜 지음)

내가 절제해야 할 '욕망'은 무엇인지, 또 내가 무조건 버려야 하는 '과욕'은 무엇인지 한 번쯤은 살펴보고, 일상생활에서 실천해 나가자.

6. 고진감래(苦盡甘來)

어느 마을에서 당나귀 한 마리가 우물에 빠졌다.

도저히 꺼낼 방법이 없었던 당나귀 주인은 마침 당나귀도 늙었고 우물도 쓸모없던 터라 당나귀를 잘 묻어주어야겠다는 생각에 마을 사람들에게 요청하여 파묻기로했다.

제각기 삽을 가져와서는 흙을 파 우물을 메워 갔다. 슬프게 울던 당나귀의 소리는 점점 커졌다. 그러다가 어느 순간에 당나귀의 울음 소리가 들리지 않았다.

동네 사람들이 궁금해서 우물 속을 들여다 보니 놀라운 광경이 벌어지고 있었다. 당나귀는 자기를 파묻기 위해 던져진 흙을 딛고 조금씩 위로 올라오고 있었던 것이다.

결국 당나귀는 우물을 빠져나와 살 수 있었다.

(※ 출처: 《짧은 이야기, 긴 생각》 이어령 지음)

유명한 역사학자인 토인비(Arnold Joseph Toynbee)는 일찍이 인류의 역사를 '도전과 응전의 결과'라고 정의했다. 인류가 살아오면서 더위와 추위 등 수많은 자연의 도전이 있었고 그 것을 극복하고 생존하기 위한 방편으로 불을 발견하고 도구를 발명하여 사용하는 등 필요한 '응전 활동'을 전개해 왔던 것이다. 개인의 삶도 결국은 태어난 이후 마주치게 되는 수많은 변화(도전)에 대하여 어떻게 대응(응전)하느냐에 따라 그 사람의 인생(역사)이 정의된다고 할 수 있다.

지난 2011년에 자본주의의 병폐를 제기했던 'Occupy Wall street' 시위가 있었다. 1%의 부자들이 독점하고 있는 부(富)를 비판하면서 서민들이 자본주의 체제의 개선을 요구한 전 세계적인 움직임을 촉발한 시위였고, 이때 미국 뉴욕의 금융 기업들이 모여있는 월 스트리트라는 거리가 자본주의의 상징으로 공격받았다.

월 스트리트(Wall Street)에는 이런 유래가 있다고 한다.

유럽에서 박해를 받던 유대인들은 2차 세계대전 후에 미국으로 몰려 들었고, 그 때 대량 난민을 수용하기 어려웠던 미국은 이들에게 허드슨 강변을 내주었다. 그런데 그

곳은 일 년에도 몇 번씩 강물이 넘치는 최악의 조건을 갖춘 곳이어서 유대인들은 살아가기가 어려운 상황이 되었다.

하지만 이곳에 정착한 유대인들은 강물이 범람하는 것을 막기 위해 옹벽(Wall)을 쌓았고, 이를 기반으로 금융업을 하기 시작했다. 이것이 지금의 월 스트리트(Wall street)가 된 것이다.

(※ 출처: 《세상을 움직이는 100가지 법칙》 이영직 지음)

이렇듯 우리 인류의 역사에서는 불리하거나 열악하고 고통스러운 도전을 오히려 전화위복의 기회로 삼은 수많은 사례들을 찾아볼 수 있다.

앞에서도 잠깐 얘기했듯이 우리나라 사람들은 참으로 등산을 좋아한다. 국토의 70%가 산(山)인 지리적 조건 때문이기도 하다.

우리가 등산을 할 때 힘든 오르막길을 오른다는 것은 조만간 힘들이지 않고 내려갈 수 있는 편안한 하산 길이 기다린다는 의미이며, 또 오르막길을 힘들여 올라간 자만이 정상에서 기분 좋은 뻐근함과 상쾌함도 느낄 수 있다. 모임에서 등산

애기를 하다 보면 이왕이면 백두대간과 같이 험하고 높은 산을 다녀온 경험이라야 얘기의 중심이 될 수 있고, 다른 사람들의 주목을 끌 수 있다. 군대 얘기도 마찬가지이다. 이왕이면 힘든 해병대 얘기가 주목 받으며 북한을 한번 갔다 왔다면 더 좋다. 그만큼 힘들고 고통스러웠던 등산의 과정이 나중에는 재미있는 스토리가 될 수 있는 것이다.

중장년들이 살아가고 있는 인생도 마찬가지인 것 같다. 인생을 살다 보면 나에게 편하고 유리한 일보다는 원하지 않는 어려운 일들을 더 많이 겪는 것 같다. 그런데 본인에게 닥친 어려움을 어떻게 받아들이고 행동하느냐에 따라 그 결과는 많은 차이를 가져온다.

《성공하는 사람들의 7가지 습관》이란 책으로 유명한 스티븐 코비(Stephen Covey)라는 사람이 이런 얘기를 했다.

"90 대 10의 원칙을 발견해 보세요. 당신 인생의 10%는 당신이 전혀 통제하지 못하는 사건들로 결정됩니다. 나머지 90%는 당신이 어떻게 반응하느냐에 따라 결정됩니다. 우리는 자동차가 고장 나는 것을 막을 수 없습니다. 모든 일정을 엉망진창으로 만드는 비행기 연착도, 어떤 운전자가 내 차 앞에 끼어드는 것도. 우리는 이 10%를 전혀 통제할 수 없습니다.

하지만 나머지 90%는 다릅니다. 당신이 그 남은 90%를 결정합니다. 어떻게? 당신의 반응으로! 그리고 그것으로 인해 당신의 인생이 바뀝니다."

맞는 말인 것 같다. 나에게 닥치는 많은 어려움은 대부분 나의 의지와는 상관없이 오는 것이고, 그것을 피할 수는 없다. 다만, 그 어려움을 어떻게 받아들이고 어떻게 극복해 가느냐에 대한 개인의 차이가 큰 결과의 차이를 가져올 뿐이다.

올해는 여름에 전례 없는 폭염을 기록했으니, 겨울은 또 그만큼 혹독한 추위가 올 것이란 예상이다. 영하 10도 이하로 떨어지는 겨울 추위가 오면 대부분의 사람들은 그 추위를 탓하면서 투덜대곤 한다. 하지만 겨울이 오고 강추위가 기승을 부린다는 것은 생각하기에 따라서는 조만간 꽃 피고 따뜻한 봄이 올 것이라는 기대감으로 해석할 수도 있다. 이렇게 생각하나만 바꾸더라도 지금의 어려움을 헤쳐 나가는 데 많은 도움이 될 수 있는 것이다.

추워서 못 살겠다(X) → 곧 봄이 오겠군(O)

내가 다니던 회사에서 더 많은 성과를 창출하기 위하여 혁신 활동을 추진하는 과정에서 직원들에게 내세운 슬로건(구호) 중 하나가 '피할 수 없으면 즐겨라'였다. 어차피 나에게 닥친 힘든 상황을 피할 수는 없는 것이니, 힘든 상황을 불평하면서 그 자리에 주저앉는 것보다는 어차피 나에게 닥친 그 상황을 즐기면서 긍정적으로 헤쳐 나가는 것이 더욱 지혜로운 것이란 의미이다.

자기가 파묻혀 버릴 수 있는 위급한 상황에서 오히려 자기를 묻기 위해 쏟아지는 그 흙더미를 밟고 올라온 당나귀처럼, 자신에게 닥친 어려움을 새로운 기회로 만들겠다는 생각으로 하루하루를 살아가다 보면, 진실로 단 열매(결과)를 맛볼 수 있는 것이 인생이란 것을 명심하자.

7. 거안사위(居安思危)

젊은 시절 한 기업에서 열심히 일하다가 여러 가지 이유로 직장을 그만두게 된 중장년층이 공통적으로 후회하는 것들이 있다고 한다. 한국무역협회 중장년 일자리 희망센터에서 중장년 구직자들을 대상으로 조사한 결과를 보면 아래와 같다.

- 자격증 하나 취득하지 못한 것
- 취미와 특기를 만들지 못한 것
- 일에 빠져 주위 가족, 친지들에게 잘 못한 것
- 건강을 못 챙긴 것
- 사외 인맥을 잘 관리하지 못한 것
- 주위 사람들을 배려하고 겸손하지 못했던 것

한마디로 요약하자면 '있을 때 잘하지 못한 것'이다. 이렇듯 사람은 누구나 지금 현재의 상황에서 미래를 준비하는 것에 소홀한 경향이 있다. 나에게는 당장 어떤 변화가 일어나지 않을 것이란 생각, 지금보다는 더 좋아지겠지 하는 막연한 기대감 등으로 어려운 때를 대비한 준비를 하지 못하는 것이다.

우리 선조들은 예로부터 '유비무환(有備無患)'의 정신을 끊임없이 강조했다. 하지만 우리가 역사를 공부해 보면 유비무환을 하지 못한 안타까운 사례들을 너무나도 많이 볼 수 있다. 대표적으로 남해안에 끊임없이 침몰하여 약탈 행위를 하는 왜구(倭寇)를 얕잡아 보고 준비를 하지 않은 탓에 임진왜란과 정유재란이라는 엄청난 전쟁의 고통을 겪었다.

임진왜란이 터지던 그 시절, 어두운 밤길을 걸어가기 위해서 필요한 것은 바로 '등불'이다. 이 등불은 언제 필요한가? 당연히 어두울 때 필요하다. 밝을 때는 필요 없다. 그럼 이 등불은 언제 준비해야 하는가? 그렇다. 아직 해가 떠 있는 밝을 때 준비해야만 한다. 어두워지고 나서 '아, 등불이 있어야겠네.'라고 생각하고 준비하려고 하면 깜깜해서 잘 안 된다. 이것이 '유비무환(有備無患)'이고, '거안사위(居安思危)'의 정신이다.

밤에 필요한 등불은 '밝을 때' 준비해야만 한다.

요즘 거의 모든 사람들이 하나씩은 가입한 보험이라는 금융 상품이, 미래에 닥칠 수 있는 어려운 상황을 대비할 수 있도록 해주는 것처럼 우리는 재정적인 관점뿐 아니라 내 인생에 대하여 미래의 어려움을 대비하는 변화 관리 활동을 제대로 할 수 있어야 한다. 여러 가지 분야의 대비 활동이 필요하겠지만 여기에서는 '건강'을 얘기해 보고자 한다.

우리나라 사람들의 평균 수명이 80세를 훌쩍 넘었지만 건강하게 일상생활을 할 수 있는 '건강수명'은 72세라는 얘기는 앞에서 했다. 72세 이후의 거의 10년은 병치레를 하면서 어쩔 수 없이 살아간다는 얘기이다. 그래서 지금 우리 각자는 그 어느 때보다도 본인의 건강을 지속적으로 관리하고 챙겨야만 한다. 내 수명을 억지로 단축할 수는 없지 않은가?

"돈을 잃으면 조금 잃는 것이고, 명예를 잃으면 많이 잃는 것이고, 건강을 잃으면 모두 잃는 것이다."라는 얘기도 있듯이, 건강이란 그 무엇과도 바꿀 수 없는 소중한 것이다. 그런데 우리는 하루하루를 살아가면서 바쁘다는 핑계 등으로 본인의 건강을 너무 소홀히 관리하고 있는 것 같다. 물론 나도 예외는 아니다. 다행히 부모님으로부터 건강한 몸을 물려받은 덕분에 아직까지는 큰 문제없이 살고 있지만, 나 또한 지금부터라도 건강을 미리 관리할 필요가 있음을 절실히 느끼고 있다. 특히 장시간 강의를 하는 경우에 체력적인 한계를 이전보다는 더욱 많이 느끼는 요즘이다.

건강 관리 관점에서 가장 쉽게 실천할 수 있고, 나도 실천하려고 하는 것이 바로 '걷기'이다. 걷기에는 이런 효과가 있다고 한다.

"DNA가 98.4% 일치하는 침팬지와 인간이 살아가는 방식이나 재능 등에서 엄청난 차이를 나타내고 있는 이유는 인간의 지능이 높기 때문이라고 한다.

그럼 인간의 지능은 왜 높아진 것일까?

인류의 조상이, 두뇌가 조금이라도 커지고 도구를 사용하기 약 200만 년 전부터 두 발로 걸었다는 사실에 주목할 필요가 있다.

- 직립보행을 통해 멀리 내다보면서 시야를 확대할 수 있었다.

- 먹다 남은 사냥감이나 식량을 어깨에 메고 운반할 수

있었다.

- 손이 자유로워지면서 도구를 만들 수 있게 되었다.

- 목구멍의 공간을 넓혀주어 성대의 발달을 촉진함으로써 다양한 소리와 언어를 만들어내는 데 결정적인 역할을 했다.

- 같은 양의 에너지를 쓸 때 인간의 두 발 걷기 방식으로는 11km를 이동할 수 있는데 비해 침팬지는 4km밖에 이동할 수가 없다.

- 두 발로 서는 자세에서는 일광에 직접 노출되는 체표 면적이 줄어들기 때문에 체온을 조절하기가 쉽다.

(* 출처: 《처음 만나는 문화인류학》 한국문화인류학회 지음)

인류 사회에 지대한 영향을 미친 우리가 익히 알고 있는 유명한 철학자들은 거의 대부분 하루에 일정 시간을 산책하였다고 한다. 복잡한 머리를 식히면서 생각을 정리하고 새로운 아이디어를 발산시키는 데 산책이 도움이 된다고 해석할 수 있겠다.

실제로 휴일 오후 시간에 아주 편한 복장으로 동네를 한 바퀴 돌면서 내가 살고 있는 마을의 모습을 찬찬히 살펴보고, 나와 같이 살고 있는 사람들의 얼굴을 마주한다는 것은 육체적 건강뿐 아니라 정신적 이완(Relax) 작용까지도 도와줄 수 있는 멋진 방법이 아닐까 싶다.

나는 딸과 아들이 어렸을 때 주말 저녁에 애들을 데리고 버스 정류장 쪽에 있는 동네 서점까지 같이 걸어갔다 오곤 했다. 사실, 책을 구경하고 구입하겠다는 이유보다는 애들과 같이 손잡고 수다 떨면서 걸어가는 그 순간이 너무 좋아서 그렇게 했다. 그런데 이제 애들이 점점 크면서 같이 그런 시간을 보낼 기회가 없어져서 많이 섭섭하다. 다만 우리 애들이 아빠와의 그런 시간을 조금이라도 기억해주고 나중에 자신들도 소중한 사람들과 그런 시간을 갖기를 원하는 바람만이 남아 있을 뿐. 애들과의 추억보다는 내 자신의 건강을 위한다는 '자리(自利)'의 관점에서 지속적으로 서점 방문 활동을 해야 하는데, 그렇지 못하는 것이 나의 한계이다.

8. 실행력의 힘

어느 성당에 여인이 찾아왔다.

"신부님, 저는 지금 계속 같은 자리를 맴돌아 발전이 없습니다. 뭔가 새로운 일을 시작해도 작심삼일로 끝나버리네요."라고 하소연하였다.

신부님은 말없이 창고로 가서 먼지 쌓인 소쿠리 하나를 가지고 와서는 여인에게 물을 가득 담아오라고 시켰다.

하지만 아무리 물을 받아도 다 새어 나가버려 물이 담기지는 않았다.

짜증이 난 여인이 신부님에게 불만을 얘기하자 신부님이 대답하기를,

"비록 소쿠리에 물을 담지는 못했지만 소쿠리의 먼지는 깨끗이 사라졌지요? 마음 먹은 대로는 안 되더라도 무언

가 새롭게 시작하려고 노력하는 그 자체가 분명 의미 있는 것입니다."

내가 꿈꾸는 인생을 살아가는 과정에서 무엇보다도 중요하게 관리되어야 하는 것이 바로 '실행력'인 것 같다. 극단적으로 얘기하면 '일단 저질러 보라'는 것이다.

나는 대학교 1학년인 딸이 있다. 이 친구가 작년 수능을 치고 난 후부터 아르바이트를 열심히 찾아서 하고 있다. 그런데 모든 일자리가 이 친구에게는 처음 해보는 일이니 걱정이 많다. 특히나 요즘은 인터넷에서 각종 알바에 대한 후기가 끊임없이 올라오다 보니 그것이 오히려 새로운 일자리를 시작하는 딸에게는 좋지 않은 영향을 미치는 것 같다.
"편의점 알바는 많이 힘들다고 하던데……"라는 얘기부터 한다. 그때마다 나는 딸에게 이렇게 말해주곤 한다.
"일단 편의점 알바를 잠깐이라도 직접 경험해 보고, 네 입장에서 판단하면 좋겠다"
주저하거나 머뭇거리지 말고 일단 실행해 보고, 이건 아니다 싶으면 다른 길로 가면 된다는 얘기이다. 본인이 해보지 않고서는 그 길이 잘된 길인지, 잘못된 길인지 끝까지 모를 수 있다. 다른 사람의 얘기만 듣고 그 길에 대한 판단을 쉽게 내린다는 것은 결코 바람직하지 않다. 물론 눈에 보이는 '위험'이 명확하게 있다면 그 길을 당연히 피해 가야겠지만.

가다가 아니 가면 간 만큼 이득이다.

기업에서는 'Best를 찾지 말고, Better를 실행하라'는 얘기가 있다. 기업에서 시장에 새로운 신제품을 내놓는 경우에 처음부터 고객이 100% 만족할 수 있는 제품을 출시할 수 있다면 너무 좋겠지만, 인간의 능력상 그것은 거의 불가능한 얘기이다. 물론 그것을 최대한 보완하기 위하여 열심히 고객의 소리를 듣고 분석하는 작업을 사전에 한다. 그런데 만약 100% 만족스러운 제품(Best)이 아닌 것 같다는 염려 때문에 시장에 신제품 출시를 하지 못하면 그 제품은 결국 끝까지 출시되지 못하게 된다.

그것보다는 현재 우리가 파악한 고객의 요청 사항을 최대한 반영했다고 생각되면(Better) 빠르게 출시해서 고객들의 반응을 보면서 필요한 부분을 보완해 나가는 방법이 훨씬 빠르게 100% 만족스러운 제품을 만들 수 있는 효과적인 방법이다. 이것이 좀 더 발전된 개념이 요즘 한창 얘기되고 있는 '애자일(Agile)' 조직이다.

중장년들도 인생을 살아가는 과정에서 뭔가를 결정해야 하는 입장이 되었을 때, 그 시점에서 최대한 내가 검토할 수 있는 정보를 가지고 빠르게 판단하여 실행해보고, 지속적으로 보완해 나가는 방법이 좋겠다는 말이다. 물론 한 번의 잘못된 판단으로 인한 위험을 무시하자는 얘기가 아니다. 그러한 위험을 회피하기 위한 기초적인 정보 수집과 검토는 반드시 필요하다. 다만 머뭇거리면서 시간을 낭비하지는 말자는 것이다.

중장년의 재취업 등이 점점 더 어려워지면서 자격증 취득을 하려는 사람들이 점점 더 많아지고 있다. 특정 자격증 취득 목표를 세웠을 때, 그것을 달성할 수 있는 방법은 크게 2가지가 있을 것이다. 전문 학원에 등록해서 학습을 하는 방법과 인터넷 강의를 들으면서 나 혼자 공부하는 방법이다. 이 경우, 각각의 학습에 대한 비용, 효과, 장단점 등을 빠르게 분석하여 일단 시도해 보는 것이 중요하지, 이 방법을 할까, 저 방법을 할까 고민하고 머뭇거리기만 한다면 결국 그 자격증 공부를 할 수 있는 시간만 줄어들게 된다.

또 하나 생각해 봐야 할 부분은, 무작정 실행력만 높인다고 해서 모두 성공할 수는 없다는 것이다. 매우 바쁘게 매일매일 움직이는데도 결국 아무것도 이루지 못하는 경우가 종종 생길 수 있다. 기업 조직에서도 리더를 분류할 때, 가장 위험한 리더의 유형을 '멍부형 리더'라고 한다. 멍청하면서 바쁘기만 한 리더라는 의미이다.

이를 방지하기 위해서 반드시 기억해야 할 것은 '목적을 명확히 인식'하는 것이라고 할 수 있다. 내가 지금 이것을 왜 실행하고 있는지, 이것을 실행함으로써 무엇이 좋아지는지를 명확히 정리해보고 실행하자는 것이다. 그렇지 않고 당장 생각나는 것들만 빠르게 실행하는 것은 본인의 시간과 자원을 '낭비'하는 것에 불과하다.

우리의 사회생활은 누구나 모두 바쁘다. 하루가 어떻게 지나가는지 모를 정도로 정신 없이 지나간다. 그렇기에 우리는 모두 '시계'를 들여다 보면서 바쁘게 생활하게 된다. 한 번쯤은 본인의 '나침반'을 들여다 보면서 내가 제대로 방향을 잡아서 가고 있는지를 점검해 볼 필요가 있다.

이런 관점에서 기업에서 많이 사용하는 '효과성(效果性)'과

'효율성(效率性)'이라는 개념을 기억하면 좋겠다. 효과성은 '기대했던 목표가 실제로 달성된 정도'를 의미한다. 지금 실행하고 있는 것이 내가 목표로 하는 것을 달성하는 데 필요한 활동인가를 점검하자는 의미이다. 반면 효율성은 '일정량의 투입으로 목표한 바를 산출해 내는 것'이라는 의미이다. 요즘 표현으로 바꾸면 '가성비'의 의미이다. 지금 투입하는 Input(노력) 대비 Output(성과)을 극대화할 수 있는 최적의 방법을 실행하고 있는지를 점검하자는 의미이다.

'목적'과 함께 생각해야 하는 것은 '꾸준함'이다. 1911년에 인류 최초로 남극점에 도달한 탐험가인 아문젠(Ronald Am undsen)은 남극 탐험 기간 동안 날씨가 아무리 좋아도 하루에 15~20마일만 이동했고, 날씨가 좋지 않은 상황에서도 매일 그 거리만큼은 이동하는 꾸준함을 보였다. 그 결과 탐험대원들의 체력을 비축하고 성공적으로 남극점을 정복할 수 있었다고 한다. 조금씩 하더라도 꾸준하게 실행하는 것이 무엇보다도 중요하다는 것을 말해준다.

흔히 꾸준함과 관련하여 많이 하는 얘기가 '작심삼일(作心三日)'이다. 목표한 것을 3일도 지속적으로 실행하지 못하고 중

단함을 의미한다. 그런데 이 작심삼일도 괜찮은 것 같다. 3일
마다 본인의 목표를 새로운 마음으로 다시 세우고 실행해 나
가면 되기 때문이다.

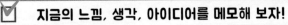

제3장

일

『무엇을 이루거나 적절한 대가를 받기 위하여
어떤 장소에서 일정한 시간 동안
몸을 움직이거나 머리를 쓰는 활동
또는 그 활동의 대상』

。

노년의 4가지 고통을 한꺼번에 없앨 수 있는
유일한 방법, 일

。

1. 인생, 그리고 일

사람은 누구나 일을 하면서 살아간다. 다른 사람들이 부러워하는 일을 하는 사람도 있고, 반대로 다른 사람들이 꺼려하는 일을 하는 사람도 있다. 그리고 많은 돈을 버는 일을 하는 사람도 있지만, 아무리 오랜 시간 열심히 일해도 그리 많지 않은 돈밖에는 벌지 못하는 사람도 있다. 수입을 따지기에 앞서 아래 질문에 대한 답을 가지고 있는지 생각해 보면 좋겠다.

나는 왜 일을 하고 있으며, 어떤 일을 할 것인가, 그 일을 어떻게 할 것인가, 그 일을 잘하기 위해서 나는 어떤 실력을 갖출 것인가?

나 스스로도 아직은 많이 부족하지만 생애 지원 서비스를 제공하는 과정에서 만난 많은 중장년들의 답변은 많이 궁색하다는 느낌이다.

"학교 졸업하면서 지금 직장에 입사했고, 회사에 다니면서 주어지는 업무를 하다 보니 지금까지 왔다. 앞으로 무슨 일을 하면 좋을지 잘 모르겠다."

대부분이 이런 식의 답변이었다.

지금은 '100세 시대'라고 한다. 그만큼 우리들의 수명은 길어졌고, 앞으로도 길어질 것이다. 통계에 의하면 매 10년마다 평균 수명이 5년씩 늘어난다고 한다. 평균 수명이 늘어남에 따라(우리가 살아야 할 날이 많아짐에 따라) 한번 생각해볼 문제가 있다.

과연 노년이 되었을 때 나는 어떤 고통을 겪을까? 사람마다 다양한 답변이 나올 것이고, 모두 맞는 얘기일 것이다.

일반적으로 다음의 4가지 고통을 제시하고 있다.

우선 '경제적 빈곤'이다. 당연히 나이가 더 들면 현재와 같은 수준의 경제 활동과 수익은 어려워질 것이다.

두 번째는 '건강' 문제이다. 어떤 이는 한 사람이 평생 쓰는 의료비의 80%를 죽기 전 10년에 다 몰아서 사용한다고 한다. 그만큼 나이가 든다는 것은 질병의 문제와 직결되는 것이다.

예로부터 우리 인생을 '생로병사(生老病死)'라고 표현하지 않는가? 늙으면 당연히 병이 생기는 것이다.

세 번째는 '외로움'이 될 수 있다. 사회 활동이 줄어들고 주위의 소중한 사람들이 떠나기 시작하면(지인의 죽음, 자녀의 출가 등) 외로움은 피할 수 없는 현실이 될 것이다.

네 번째는 '무위(無爲)'라고 한다. 쉽게 얘기하면 할 일이 없어서 무료하고 힘든 상태가 된다는 것이다. 물론 요즘은 나이가 들어서도 왕성한 활동을 하는 노인들이 늘고는 있지만 아직은 많은 분들이 젊었을 때에 비하여 활동력이 떨어지는 것이 현실이다.

그렇다면 위의 '노년 4고(苦)'를 없앨 수 있는 방법은 무엇일까? 그것도 4가지를 한꺼번에 해결할 수 있는 방법은?

그것은 바로 '일'이다. 나이가 들어서도 본인의 일을 가지고 있다는 것은 경제적 측면에서 당연히 일정한 수익을 창출할수 있을 것이고, 일을 하는 과정에서 규칙적인 생활을 하고 몸을 움직이게 되니 건강에도 도움이 될 것이다. 또한 일을 한다는 것은 끊임없이 누군가와 만나고 관계를 맺어가는 과정이기에 외로움의 문제도 해소하는 데 도움이 될 것이고, 당연히 일을 하면서 무료함도 없앨 수 있다.

평생 하는 '일' = 가장 확실한 노년 보험

우선적으로 지금 하고 있고, 앞으로 하게 될 일이라는 것이 단순히 경제적 문제를 해결하는 '밥벌이'의 수단이 아니라 행복하게 노년을 살아가는 데 반드시 필요한 중요한 보험이자 치료제라는 것을 인식하는 것이 필요하다.

2. 일하는 이유

사람은 '왜 일을 할까?'라는 것부터 생각해 보자. 단순하게 생각해 보면 당장 가족들과 먹고 사는데 필요한 돈을 벌기 위해서 모든 사람은 일을 한다고 할 수 있다. 그런데 꼭 그 이유 때문에 모든 사람이 일을 한다고 할 수는 없을 것 같다. 사람들이 일하는 이유를 아래와 같이 설명하는 자료가 있다.

1. 돈을 버는 것
2. 사회적 지위를 획득하는 것
3. 더 나은 세상을 만드는 데 기여하는 것
4. 열정을 따르는 것
5. 재능을 활용하고 발휘하는 것

(※ 출처: 《인생학교 일》 로먼 크르즈나릭 지음)

나는 이 중에서 사람들이 일하는 이유로 가장 중요한 것이 '사회적 욕구'라고 생각한다. 앞에서도 얘기했지만 매슬로우 (Maslow)라는 심리학자가 제시한 인간의 다섯 가지 욕구 중에도 '인정과 소속의 욕구'가 포함되어 있고, 흔히들 인간을 '사회적 동물'이라고 표현하기도 하기 때문이다. 인간이 사회적 동물이기에 사회 활동을 하는 것이고, 그 사회 활동의 중심에는 바로 '일'이 있다.

물론 돈을 벌어서 당장의 생리적 욕구를 충족시켜야 한다는 것을 부정하지는 않지만, 인간은 단지 생리적 욕구의 충족만을 위해서 일을 하고 있지는 않다. 좋아하는 일을 하면서 성취감을 느끼고 다른 사람으로부터 인정과 존경을 받는 것이, 그 일을 통하여 일정한 경제적 수입을 얻는 것 못지않게 중요하다는 것이다. 지금 하는 일을 다른 사람에게 얘기할 때 좀 더 떳떳해지고 싶은 욕구를 분명히 가지고 있다.

일 = 사회적 활동

일과 관련하여 요즘 가장 많이 나오는 얘기가 '평생직장'의 시대는 갔고, '평생 직업'의 시대가 왔다는 얘기다. 예전에 우리나라가 경제 발전을 막 시작하던 1960~1970년대에 우리 선배들은 한번 들어간 직장에서 정년까지 마치고 나오는 경우가 많았다. (신입 사원 시절에 나의 업무 중 하나가 정년퇴직하는 분들을 위한 정년 퇴임식을 준비하고 진행하는 것이었다.) 특히 우리나라는 유교적 전통이 남아 있어서 한 번 입사한 사람들을 가족으로 생각하고 끝까지 챙기려는 풍토가 강했다. 그리고 그 당시에는 평균 수명이 그리 길지도 않았고, 정년퇴직 후 몇 년 쉬다가 돌아가셨기에 새로운 직업이나 직장을 찾을 필요도 없었다.

그런데 지금 우리가 살고 있는 이 시대는 그런 환경이 절대 아니다. 1990년대 말 IMF 사태를 겪으면서 기업들은 생존을 위한 비용 절감을 목적으로 직원들을 수시로 줄이고 있고, 그 과정에서 구조 조정이나 희망 퇴직이라는 이름으로 직장인들이 밖으로 나오는 현상이 지금까지 이어져 이제는 일상이 되었다. 그래서 취업을 준비하는 '취준생'이란 용어와 함께 회사를 다니면서 퇴직을 준비하는 '퇴준생'이란 용어도 나오고 있다. (사실 '퇴준생'은 기업에서 근로자가 쫓겨난다는 소극적 의미가 아니라, 근로자 스스로가 본인의 경력 개발을 위하여 적극적으로 퇴직과 전직을 준비한다는 의미이다)

평균 수명의 증가로 인하여 한 사람이 평생에 걸쳐 일할 수 있는 기간은 점점 늘어나고 있다. 그 때문에 본인이 할 일을 정함에 있어 당장 몇 년을 다닐 직장(職場)을 찾는 것이 중요한 것이 아니라 평생 동안 내가 할 수 있는 일, 즉 직업(職業)을 찾는 것이 중요하다는 의미에서 '평생 직업'의 개념이 대두된 것이다.

평생직장(職場) → 평생 직업 (職業)

평생 가져갈 직업을 명확히 정한 후에 어느 대기업에 취직해서 근무하든지, 아니면 자유롭게 프리랜서(Freelancer, 일정한 집단이나 회사에 전속되지 않고 일을 하는 사람)로 일하든지 여러 가지 방식(직장)을 유연하게 선택하면서 일을 하는 시대가 된 것이다.

지금 다니고 있는 직장을 그만두면 A라는 중소기업에 취직하겠다는 목표가 아니라, 평생 B라는 직업을 가지겠다는 목표를 먼저 세우고, 그 직업을 관리하는 과정에서 현재의 직장을 다니고 있으며, 다음에는 C라는 조직으로 옮겨서 나의 직업을 계속 연결하겠다는 생각이 필요하다. 이것이 요즘 많이 회자되는 'Life Career'라는 개념이다.

기업, 특히 대기업에 근무하다가 퇴직하는 중장년 임직원들을 만나 전직 상담을 하다 보면 안타까운 마음이 많이 든다.

일단, 우리나라의 중장년 임직원들은 현재의 직장을 너무 믿고 있다. 물론 자신의 청춘을 다 바쳐서 충성(?)한 회사이기에 당연하다고 할 수 있으나 너무 심한 '짝사랑'을 하고 있다는 느낌이다. '기대가 크면 실망도 크다'는 말도 있듯이 회사에 대한 믿음과 기대가 크다 보니 회사를 나와야 하는 입장이 되면 엄청난 배신감을 느껴 멘붕에 빠지게 된다. 당장 집 안에 있는 그 회사의 제품부터 없애고 바꾼다. 이 충격에서 빠져나오는 데 너무 많은 시간과 노력이 투입되는 것이 우리 중장년들의 현실인 것 같다. (앞의 변화 관리에서 설명한 'Valley of Despair'를 상기해 보자.)

두 번째 안타까움은 너무 모르고 있다는 것이다. 세상이 어떻게 변하고 있는지를 너무 모른다는 얘기이다. 중장년들과 얘기를 하다 보면 이런 생각이 든다.

'기업이라는 장막에 갇혀서 외부 세상과 단절된 사람들'

지금 다니고 있는 회사밖에는 잘 모른다. 그리고 설사 외부에 대한 정보를 가지고 있다고 하더라도 그것은 대부분 같은 회사에 다니면서 비슷한 생활을 하는 사람들에게 들은 정보 (아는 수준이 비슷하고, 그 중에는 잘못된 정보도 많다)가 많다는 것이다.

중장년 전직 시장에서 강조하는 포인트 중의 하나는 "친구 말은 믿지 말라"는 것이다. 서로 상의하기에는 더없이 편한 것이 친구지만, 내가 알고 있는 정보와 별반 다를 것이 없다는 의미이다.

세 번째, 더 큰 문제는 스스로 '내가 아는 정보가 부족하고 다른 사람의 얘기를 좀 더 열린 마음으로 들어야 한다'는 생각을 하지 못하는 사람이 많다는 것이다. '내가 그래도 ○○라는 대기업에서 부장까지 한 사람인데……"라는 자존심과 자만심이 많은 것 같다. 전직 지원 업계에서는 이러한 현상을 보고 "어깨 힘이 들어가 있다"라고 표현한다. 이런 생각을 가지고 있는 중장년 구직자들은 새로운 직업(직장)을 구하는 데 결코 쉽지 않다.

일과 직업 그리고 직장, 이 세 가지의 단어가 나에게는 어떤 의미가 있는지를 먼저 명확히 정리해 보는 것이 중장년들에게 지금 필요한 일이다.

3. 어떤 일을 할 것인가

지금 우리 사회가 직면하고 있는 '청년 실업' 문제는 베이비 부머들의 퇴직 현상과 맞물려 요즘 서점에 가보면 관련 서적이 넘쳐난다. 전문가들마다 직업(직장)을 제대로 찾는 방법론을 다양하게 제시하고 있다. 중장년들이 이런 서적들도 두루 읽으면서 필요한 정보와 방법론을 찾았으면 하는 바람이다.

나는 그 중에서 '성취감'이라는 관점에서 직업을 한번 더 점검해 보면 어떨까 하는 생각이다.

일반적으로 성취감을 느끼게 해주는 직업의 특성은 의미, 몰입, 자유의 3가지라고 얘기한다. (※ 출처: 《인생학교 일》 로먼 크르즈나릭 지음)

회사를 다니면서 내가 이 책을 정리하는 시간을 확보하는 것이 쉽지 않았다. 그래서 아침에 사무실에 일찍 출근해서 회사 업무가 시작되기 전까지의 시간을 활용하거나 휴가나 휴일을 이용해서 집중적으로 글을 쓰고 정리하고 있다. 비록 다른 사람같이 여름 피서, 가을 단풍 구경 등을 다니지는 못하지만 이 책을 정리하는 시간만큼은 가장 몰입이 잘 되고 시간 가는 줄 모르면서 글을 썼다. 그만큼 내가 생각하고 느낀 것들을 글로 옮긴다는 것이 큰 의미가 있고, 몰입이 되는 일이라고 할 수 있다. 바로 이런 일이 성취감을 느끼게 해주는 '평생의 일'이 될 수 있다고 할 수 있겠다. (나는 글 쓰는 실력이 부족해서 아마 이 일을 직업으로 가져가지는 못할 것 같다.)

그만큼 어떤 일을 자기의 직업으로 가져가려면 그 일을 수행할 수 있는 충분한 실력이 우선 필요하다는 얘기로 연결되는 것이다.

직업의 기준 = 성취감 = 의미 X 몰입 X 자유

또 한 가지 공유하고 싶은 포인트는 '다른 사람을 도울 수 있는 일'을 찾는 것이다. 앞서 '이타(利他)의 삶'에서 설명했듯이, 인간은 주변의 사람들과 주고 받음의 관계를 만들 수 있을 때 스스로 가장 행복할 수가 있다. 그런데 다른 사람을 돕는 활동은 억지로 시간을 내서 하기가 쉽지 않을 수 있다. 어차피 하루 8시간, 한 달에 20일 이상, 일 년에 200일 이상, 앞으로도 20년 가까운 시간 동안 어떤 일을 하면서 시간을 보내게 될 텐데, 그 일을 하는 시간 동안 누군가를 도울 수 있다면 그것이 바로 '누이 좋고 매부 좋은' 일이 될 수 있다는 얘기이다.

누군가를 돕는다는 것이 꼭 봉사 단체 등에서 활동하는 직업만을 얘기하지는 않는다. 학생들이 모르는 것을 잘 설명해 주어서 그 학생들의 지식 수준을 높이는 데 도움을 주는 교사라는 직업도 누군가를 돕는 것이고, 경찰이나 소방관 등과 같이 직업 자체가 명확하게 다른 사람을 돕는 사람들도 있다. 더 나아가 다른 직업을 수행하는 과정에서도 누군가를 돕는 것이 충분히 가능할 것이라 생각한다. 내가 지금 하고 있는 일도 새로운 직업을 찾는 중장년들에게 정보를 제공하여 도움을 주는 직업으로 볼 수 있다.

이렇듯 각 개인이 현재 가지고 있거나 앞으로 바꾸고 싶은 직업이 이왕이면 누군가를 직접적으로 돕는 것이면 더욱 좋겠고, 만약 그렇지 못하더라도 직업 활동을 하는 과정에서 누군가를 돕겠다는 생각을 하면서 그 일을 한다면, 앞에서 얘기한 '직업의 의미'라는 관점에서 개인이 느끼는 만족감을 훨씬 높일 수 있을 것이다.

4. 일을 할 수 있는 역량

다음 질문은 일을 하기 위하여 '어떤 실력을 갖출 것인가?'라는 것이다. 앞에서 나는 글 쓰는 작업이 참 의미 있고 몰입할 수는 있지만, 글 쓰는 실력이 없어서 직업으로 하기에는 맞지 않다는 얘기를 했다. 이렇듯 우리가 어떤 일을 하고자 할 때 그 일을 수행하는 데 필요한 '실력'을 반드시 갖추고 있어야만 한다. 너무나도 당연한 얘기이다.

여기에서 기업 얘기를 좀 했으면 한다. 모든 기업에 공통적으로 적용되는 원칙이 하나 있는데, '생존 부등식'이라는 것이다.

휴대폰 만드는 기업을 예로 들면, 그 기업이 만드는 휴대폰은 시장에서 100만 원이라는 일정한 가격에 판매된다. 그럼 그 기업은 휴대폰 1대를 얼마에 만들어야 할까?

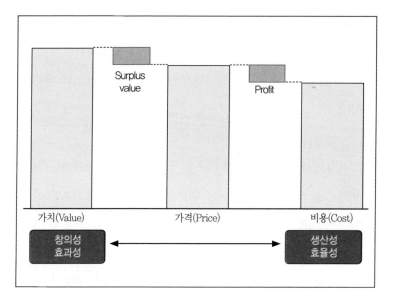

(※ 출처: 《경영학의 진리체계》 윤석철 지음)

휴대폰을 만드는 데는 여러 가지 비용이 들 수밖에 없을 것이다. 휴대폰을 조립하는 직원 월급도 줘야 하고 휴대폰에 들어가는 부품도 돈 주고 사와야 하며 만든 휴대폰을 배달하기 위한 비용도 든다. 그런데 이런 모든 비용이 시장에 한 대 팔수 있는 가격 100만 원을 넘으면 안 되는 것이다. 만약 100만 원이 넘으면 휴대폰을 만들면 만들수록 계속 손해가 나기 때문에 그 회사는 결국 망하게 될 테니. 그래서 모든 기업은 생존 차원에서 비용을 절감하기 위한 노력을 지속적으로 할 수밖에는 없는 것이다.

중장년들의 생애 관리와 전직 지원이 더 필요해지는 이유도 인건비라는 관점으로 기업에서 중장년들을 바라보기 때문이다.

시장에서 100만 원에 휴대폰을 구입한 고객 입장에서는 그 휴대폰을 사용하면서 느끼는 만족감(가치, Value)이 100만 원 이상이 되어야만 손해 보는 기분이 안 들 것이고, 나중에 휴대폰을 교체하거나 친구에게 추천할 때도 그 회사의 제품을 제안하게 될 것이다. 결국 기업 입장에서는 100만 원을 내고 휴대폰을 산 고객에게 100만 원 이상의 만족감을 주어야만 휴대폰을 더 많이 팔게 되어 기업이 성장 발전할 수 있게 되는 것이다. (기업에서 그렇게 강조하는 '고객'의 한자는 '顧客'이다. 바로 돌아볼 고(顧)자를 사용한다. 계속적으로 우리의 제품이나 서비스를 사용하는 사람이 바로 고객이라는 의미이다.)

이것이 바로 기업의 생존 부등식이고, 이 원리는 개인에게도 그대로 적용할 수 있다고 생각한다.

내가 어떤 직업을 가지면서 특정 회사에 다시 입사했다고 생각해 보자. 그 회사를 다니면서 월급 100만 원을 받는데 그 회사를 다니면서 내가 지출하는 돈(비용)이 100만 원을 넘으면 어떻게 될까? 출퇴근 교통비, 식사 비용, 자녀 교육비 등이 100만 원 넘게 든다면 그 사람은 그 직장에 당연히 계속 다닐 수 없을 것이고, 다른 직장을 찾아야만 한다. 물론 수입에 맞추어서 지출을 줄이는 재무 관리 활동을 통해서 해결할 수도 있겠지만.

월급 100만 원을 받는 사람이 회사에 기여하는 정도가 100만 원보다 적으면 그 회사는 계속 그 사람을 직원으로 고용할까? 만약 월급 100만 원을 받는 나보다 50만 원을 받는 아르바이트생이 회사에 더 많이 기여한다면 당연히 회사는 나를 해고하고 그 아르바이트생을 계속 고용할 것이다.

직장에서 받는 월급이나 모든 수입은 내가 제공한 노동에 대한 대가(代價)로 고객이 지불하는 것이다. (휴대폰을 구입한 고객이 100만 원을 지불하는 것과 같이) 그렇기에 우리는 사회생활을 하면서 내가 받은 대가 이상으로 고객에게 만족감을 주어야만 지속적으로 고객이 찾는 사람이 될 수 있는 것이다.

너무나도 당연한 얘기이지만 중장년들에게 다시 한번 설명하고 싶은 것이 있다. 일부 중장년들은 자신의 경력과 나이를 감안했을 때 당연히 이 정도는 받아야 한다고 생각한다. 매우 이기적인 발상이다. 과연 떡 줄 사람도 그렇게 생각할까? 데려다 쓸 수 있는 사람(구직자)이 넘쳐나는데 왜 나를 그 비싼 비용을 지불하면서 굳이 채용해야 하는지에 대하여 설득할 수 있어야 한다.

그러므로 우리는 다른 사람에 비하여 차별화된 가치를 제공할 수 있는 실력(역량)을 반드시 보유하고 있어야 하고, 수시로 점검하고 지속적으로 개발해야 한다. 그래야만 기업이 지속적으로 성장 발전하는 것과 같이 한 개인도 특정 직업 세계에서 지속 가능한 커리어(Career) 개발이 가능한 것이다.

확실한 '실력'이 나의 몸값을 보장한다.

우리는 '연공주의(年功主義)' 풍조가 강한 시대에 직장 생활을 시작했다. 연공주의는 나이가 많이 들고 회사에 오래 다닌 사람을 우대해 주는 정책이다. 우리나라에 강하게 남아 있는 유교의 '장유유서(長幼有序. 어른과 어린아이 사이에는 사회적인 순서와 질서가 있음)' 사상의 영향으로 윗사람을 공경하고 대우해

주는 풍토가 기업에도 있었다. 그런데 이제는 모든 기업이 '성과주의(成果主義)'를 강하게 추진하고 있다. 나이나 근속 연수에 상관없이 그 사람이 낸 성과만큼 대우해주고 존중해주는 풍조로 바뀌었다는 것이다. 그리고 이는 비단 기업에만 국한되지 않고 이제 모든 곳(조직)에 공통적으로 적용되고 있다.

최근에는 숭고한 사회적 목적을 위해서 운영되는 NGO/NPO에도 성과주의를 적용하려는 움직임이 있고, 이로 인한 부작용도 일부 발생되는 상황이다. 그렇기에 나이에 상관없이 직장의 업무에서 탁월한 성과를 반드시 창출할 수 있어야만 고객(회사)으로부터 제대로 대우받으면서 오랫동안 그 직업을 유지할 수 있는 것이다.

한때에 인기가 많았던 아이돌 가수도 실력이 떨어지거나 후배들에게 밀리고 대중들에게 사랑 받는 노래를 발표하지 못하면, 아무리 나이가 많고 연예계 데뷔를 일찍 했어도 누구도 찾지 않는 사람이 되어버리는 사례를 생각하면 된다.

이런 관점에서 나이에 상관없이 각자의 실력을 반드시 갖추어야 하고, 끊임없이 노력해야 하는 것이다. 특히 4차 산업혁명이라 하여 기업에서 요구하는 실력의 요건이 빠르게 바뀌고 있는 상황에서 점점 학습(자기 계발) 능력이 떨어진다고 스스로 느끼는 중장년의 경우는 청년에 비하여 몇 배의 노력이 필요하다고 할 수 있겠다. 물론 실력을 갖춘다는 것이 무엇인가 새로운 기술과 지식을 습득해야 하는 것만을 의미하는 것은 아닐 것이다. 그러니 너무 걱정하지 않아도 좋겠다. 기존에 내가 보유하고 있는 나의 실력을 잘 활용하여 지속 가능한 직업 활동을 하는 분들도 많이 있다.

실력과 관련하여 '장점'과 '강점'이라는 두 개의 개념이 있다. 이 두 개념의 차이를 얘기할 수 있는가? '장점'은 내가 생각할 때 잘하는 것이고, '강점'은 다른 사람과 비교했을 때 잘하는 것이다. 그 동안 자랑했던 실력이란 것이 '장점' 수준에 머물러 있는 것은 아니었는지 생각해 보았으면 한다.

장점 〈 강점

중장년 전직 업계에서 이런 얘기가 있다. 국내 A대기업을 퇴직한 사람이 '그래도 내가 A기업에 다닌 사람인데'라는 생각으로 웬만한 기업의 구인 광고에 꿈쩍도 하지 않고 시간을 보낸다. 그렇게 몇 개월을 보내고 나면 이제 돈도 떨어지고 슬슬 불안해지기도 해서 '베풀어주는' 마음으로 B라는 작은 기업의 면접에 응하게 된다. 그런데 면접 대기장에 도착해 보면 A대기업 퇴직자들 우루루, C대기업 퇴직자 여러 명, D대기업 퇴직자 약간 명이 앉아 있는 것이다. (허걱) 과연 이 상황에서 이 사람은 B기업에 재취업을 장담할 수 있을까? 나와 비슷하게 대기업에서 20년 이상 근무한 경험을 가지고 있는 구직자들 사이에서 과연 어떤 실력(강점)을 어필하여 채용될 수 있겠는가?

요즘 구직 시장에서의 이력서는 본인이 할 수 있는 역량을 중심으로 기술하는 '기능적 이력서'를 대부분 사용한다. 예전에 많이 작성하던, 어느 부서에서 얼마 동안 일했는지를 서술하는 '연대기적 이력서'는 이제 거의 사용되지 않고 있다. 어떤 역량을 보유하고 어떤 문제를 해결할 수 있고, 어떤 기여를 할 수 있는지를 정확히 어필하지 못한다면 구직 시장에서 어려워진다는 것이다. 지금 당장 이력서를 한번 써 보고, 내가 기업의 면접관이라면 나를 채용하고 싶은 마음이 드는지를 점검해 보자.

5. 역량 개발

첫날에 나무 10그루를 도끼로 베었던 어느 나무꾼이 그 다음날 더 많은 돈을 벌기 위하여 열심히 도끼질을 했으나 10그루를 다 베지 못하였다. 본인의 노력 부족을 탓하면서 그 다음날은 더 열심히 도끼질을 하였으나 이상하게 그날은 5그루도 베지 못하였다.

낙심하고 있는 나무꾼에게 친구가 "도끼날은 언제 갈았느냐?"라고 물었다.

그 나무꾼은 "나무 베기도 바빠 죽겠는데 도끼날을 갈 시간이 어디 있느냐?"고 퉁명하게 답하였다.

실력(강점)을 개발하는 것은 어느 한 순간의 학습이나 노력으로는 불가능한 것이다. 학교에서 공부를 할 때도 시험 직전에 몰아치기로 공부하면 당장의 시험에서 어느 정도 점수를 받을 수는 있으나, 아주 높은 점수를 받기는 어려운 것도 평소에 꾸준히 그 과목을 학습하지 않은 탓이다.

학교 공부도 매일 조금씩 꾸준하게 학습하는 것이 중요하듯이, 실력(강점)을 개발하는 것도 매일 조금씩 도끼날을 가는 나무꾼과 같이 해야만 가능한 것이란 점을 반드시 기억해야 한다. 더구나 우리는 청년들에 비하여 개발할 시간이 상대적으로 부족하다.

많이 알려진 '일신우일신(日新又日新)'이란 얘기가 있다. 날마다 새로워진다는 의미이다. 이렇듯 우리도 우리들의 꿈을 실현하는 데 필요한 실력을 키움에 있어서는 매일매일 꾸준한 노력으로 정진해 나가야 하겠다.

일본의 어느 컨설팅 업체 대표가 회사에 입사한 신입 사원 교육 과정에서 이런 얘기를 했다고 한다.

"여러분 개인은 언제라도 이 회사를 떠나서 더 좋은 회사로 옮겨갈 수 있는 실력을 키우세요. 나는 그런 여러분들이 아무리 좋은 회사에서 제안이 오더라도 이 회사에 남고 싶어하는 그런 회사를 만들겠습니다."

참으로 멋있는 말이다. 대표의 말 앞 부분에서 얘기하는 것이 개인의 '고용가능성(Employ ability)'이란 개념이고, 뒤에서 얘기하는 것이 회사 입장에서의 '고용 유지 가능성(Employ ment ability)'이란 것이다.

'고용 가능성'을 높일 수 있는 역량이 필요하다.

개인의 입장에서는 고용 가능성, 곧 훈련 및 개발을 통하여 고용될 가능성이나 잠재성을 항상 점검해 보아야 한다.

기업 조직은 아직은 대부분 피라미드 구조를 갖고 있다. 사원부터 시작하여 대표이사로 직급이 올라갈수록 인원이 점점 더 줄어드는 구조이다. 상위 직급으로 갈수록 회사에서 고용할 수 있는 인원은 점점 더 줄어들지만, 그에 비하여 해당 직급의 인원은 많다. 그렇기에 불가피하게 중도에 탈락하는 인원이 생길 수밖에 없는 구조가 되는 것이다. 이런 상황에서 나는 과연 살아남을 수 있을까? 살아남기 위해서 필요한 것은 무엇일까? 이것이 바로 한 개인의 고용 가능성이란 개념이다.

앞에서도 얘기했지만, 근로 시간 단축 이후에 우리나라 중장년 중에는 퇴근하고 저녁 시간에 무엇을 해야 할지 몰라서 당황하는 사람이 일부 있다고 한다. 자신의 실력을 키울 수 있는 좋은 여건이라는 관점으로 근로 시간 단축 시대를 살아가는 것이 필요하겠다.

서울시에서 후원하는 '50+재단'이란 곳이 있다. 이 재단에서 서울의 각 구(區)별로 50+캠퍼스와 50+센터를 운영하고 있다. 나도 생애 지원 업무를 처음으로 맡았을 때 이 기관들에서 개설하는 여러 교육 과정을 통하여 필요한 정보를 습득하고 학습할 수 있었다. 아직 지방에는 이런 시설(서비스)이 부족하여 많이 아쉽지만, 서울·경기권에 살고 있는 중장년들은 이런 시설을 적극적으로 이용하면 좋겠다. 무엇보다도 서울시에서 후원하는 시설이기에 교육비가 매우 저렴하다.

또 하나, 지금 자기가 가지고 있는 역량을 정확히 인지하여 이를 잘 활용하면 좋겠다는 것이다. 지금 이 나이까지 각자 많은 경험과 학습을 통하여 이미 많은 역량을 쌓아왔다. 다만 일부 사람들은 자신이 그런 역량을 가지고 있다는 것을 인지하지 못해 스스로 몸값을 높이지 못하는 경우가 생기는 것이 안타까운 상황이다.

폭염이 맹위를 떨치던 올해 여름에 가족들과 '광명 동굴'을 다녀왔다. 우리집에서 가까운 거리에 그리도 멋진 피서지가 있다는 사실이 놀라웠다. 40도에 육박하는 바깥 기온과는 달리 동굴 안은 20도 내외의 서늘한 기운이 넘쳐났다.

그런데 이 광명 동굴은 일제 시대에 광산으로 개발되었다가 오랜 기간 폐광으로 방치되었다고 한다. 그러다 2011년에 시민들에게 관광지로 개방을 시작하여 2015년에 본격적인 '테마 동굴'로 개발이 시작되어 지금은 동굴 내에 와인 레스토랑 및 동굴 예술의 전당 등을 운영하며 연간 150만 명 이상의 관광객을 유치하는 명소가 되었다. 기존에 가지고 있던 동굴이라는 특성(경쟁력, 역량)을 활용하여 살짝 다른 목적으로 바꾸기만 하였는데, 엄청나게 다른 결과가 나타난 것이다. 이런 경우를 '굴절적응(Exaptation)'이라고 한다.

중장년들은 새로운 직업이나 직장을 찾을 때 본인의 역량 (커리어)을 다른 관점에서 분석해 보아야 한다. 이전 직장에서 개발한 역량들이 지금 내가 새롭게 시작하려는 이 직장에서 어떤 의미가 있는지를 찾아서 활용해야 한다는 것이다.

한때 전 세계 단거리 육상을 평정했던 우사인 볼트(Usain St. Leo Bolt)가 호주 프로 축구팀에 입단한다는 언론 보도가 있다. 전직을 한 것이다. 본인이 평소에 하고 싶었던 축구 선수로의 전직에 육상 선수 시절 개발한 스피드를 적극 활용하는 것이다.

내가 지금의 직업(직장)에서 확보한 역량이 새롭게 목표로 하는 분야에서 분명히 효용 가치가 있을 수 있다. 폐광으로 방치되던 광명 동굴이 테마 동굴 관광지로 거듭난 것과 같이.

'굴절적응' 관점에서 나의 역량을 활용하자!

새로운 역량을 개발하는 것도 중요하지만, 이미 내가 가지고 있는 역량을 사장하지 말고 최대한 활용하는 지혜를 중장년들이 잊지 않았으면 좋겠다.

6. KSA의 관리

개인이 목표로 하는 직업이 워낙 다양하고, 그 직업 세계에서 요구하는 실력의 종류가 수만 가지이기에 어떤 역량을 개발할 것인가를 구체적으로 얘기하기는 쉽지 않다. 그렇기에 아래에서는 중장년들이 공통적으로 개발하고 관리했으면 하는 역량에 대하여 같이 공유하고자 한다.

역량과 관련하여 일반적으로 가장 많이 듣는 단어가 'K/S/A'라는 것이다. 기업 등에서 흔히 한 사람의 역량을 평가할 때 이 3가지로 구분하곤 한다.

K(Knowledge)는 해당 분야에 필요한 지식을 많이 알고 있는 것이고, S(Skill)는 그 분야에서 문제를 해결할 수 있는 역량을 얘기한다. 아무리 많은 지식을 가진 박사라고 하더라도

오늘 당장 내가 가진 문제를 해결할 수 있는 실천적 역량이 부족하면 아무 소용이 없다는 것이다. 마지막으로 A(Attitude)는 일을 해나가는 과정에서 그 사람이 보이는 태도를 얘기하는 것이다. 이 3가지가 해당 분야에서 요구하는 수준으로 적절히 확보되었을 때 비로소 그 사람은 역량을 가지고 있다고 평가받을 수 있는 것이다.

K(Knowledge)와 관련하여 추가로 우리가 생각해 볼 부분은 단순히 책에서 배우고 익힌 지식에 만족해하지 말고, 자신만의 지혜(Wisdom)를 쌓는 노력이 필요하다는 것이다.

지혜란 '사물의 이치를 빨리 깨닫고 사물을 정확하게 처리하는 정신적 능력'이라고 사전에서 설명하고 있는데, 결국 내가 익힌 지식을 바탕으로 사물의 원리를 잘 파악하고 상황에 맞게 본인이 가지고 있는 지식을 적절히 활용할 수 있는 역량이라고 할 수 있다. 흔히 얘기하는 '노하우(Know-how)'라는 개념으로 생각하면 되겠다.

경험을 바탕으로 '지혜(노하우)'를 개발하자.

예를 들어 라면을 끓일 때 물을 먼저 끓인 후에 라면을 넣는다는 절차는 지식에 해당한다. 여기에서 머문다면 그 사람은 평범한 라면을 끓여서 먹는 것은 가능하지만 다른 사람보다 라면을 잘 끓이지는 못할 것이다. 나만의 노하우를 가지고 있어야 한다.

라면을 넣고 끓일 때 뚜껑을 덮느냐 안 덮느냐, 스프만 넣을 것이냐 고추장도 넣을 것이냐, 어떤 물을 사용할 것이냐, 계란을 넣을 것이냐 아니면 다른 무언가를 첨가할 것인가 등에서 본인의 경험에서 우러나오는 노하우를 가지고 있을 때, 내가 원하고 다른 사람들이 인정해 주는, 차별화되고 더 맛있는 라면을 끓이는 역량을 비로소 갖추었다고 얘기할 수 있을 것이다.

내가 원하는 분야에서 직업 생활을 잘하기 위해서는 그 분야의 지식만을 피상적으로 알고 암기하는 수준이 아니라 이렇게 본인만의 노하우를 확실히 가지고 다른 사람보다 차별화된 성과를 낼 수 있는 사람이 되어야만 한다. 특히 사회 초년생이 아니고 오랜 시간의 경험을 가지고 있는 것으로 평가받는 중장년의 경우 이런 노하우는 필수 조건이라고 할 수 있겠다. 이것이 바로 본인이 원하는 평생 직업을 가질 수 있는 개인의 '고용 가능성'으로 연결되는 것이다.

7. 신언서판(身言書判)의 관리

신언서판은 옛날 중국의 당나라 시절부터 인재를 판단하는 기준으로 얘기되던 것으로 외모(身)와 말(言)과 글(書), 그리고 판단력(判)을 보면 그 사람의 됨됨이를 판단할 수 있다는 얘기이다. 매일의 생활에서 본인 스스로를 성찰하고 점검하는 기준으로 또 자기를 개발하는 기준으로 이 개념을 활용해 보는 것은 어떨까 하는 생각이다.

평소의 생각과 말, 행동이 나의 실력이다.

먼저 사람은 자기 얼굴과 몸에 책임을 질 줄 알아야 한다. 물론 태어날 때 부모님으로부터 물려받은 외모에 대해서는 본인이 책임을 질 수 없다. 쌍꺼풀이 없는 눈, 낮은 코 등 우리는 자라면서 본인의 얼굴을 부모님 탓으로 많이 돌리곤 한다. 그래서 성형 수술이 더욱 유행하고 있는 것인지도 모르겠다. 그러나 나이가 들고 난 후 가지게 되는 자기 얼굴에 대해서는 본인이 책임을 져야만 한다고 한다. 특히 40대 이후에 가지게 되는 얼굴은 오롯이 그 이전에 살아온 인생의 결과물이라고 한다.

지금 내가 연예인과 같이 섹시하고 멋진 외모를 가졌다면 그것은 평소에 외모 관리와 건강 관리를 잘해왔다는 증거이며, 넉넉한 웃음과 부드러운 눈빛을 가졌다면 평소에 타인을 이해하고 포용하는 너그러운 마음을 가지고 있었기 때문이라고 할 수 있다. 반면에 지금 탐욕스러운 얼굴을 지녔다면 지난 세월 동안 돈과 재산, 권력만을 추구하며 인생을 살아왔다는 증거라는 것이다. 향을 쌌던 종이에서는 향(香) 내음이 나고, 생선을 쌌던 종이에서는 비린내가 나는 것과 같은 이치이다.

외모와 관련하여 한 가지 더 생각해야 하는 부분은 평소에 자세를 바르게 하는 습관이 필요하다는 것이다. 허리를 바짝 펴면 정신이 맑아지고, 허리가 삐딱하면 정신이 죽는다는 얘기가 있다. 남의 흉을 많이 보는 사람은 허리가 삐딱해지고 또 허리를 바짝 펴면 남 흉볼 여력이 없어진다고 한다. 허리를 바짝 펴면 눈이 저절로 자기 코끝으로 오게 되어 자기 허물만 살피게 되며 남의 허물은 자연스럽게 보이지 않게 된다.

(※ 출처: 《산에는 꽃이 피네》 법정 지음)

나는 허리 디스크로 10년을 고생하다가 결국은 2016년에 수술까지 받게 되었다. 허리 통증 때문에 찾아간 병원에서 의사로부터 이런 얘기를 들었던 기억이 있다.

"어려서부터 부모님 말씀 안 들은 벌을 지금 받고 있는 것입니다."

무슨 얘기인지 물었더니 "어려서부터 아마 부모님이 이런 얘기를 하셨을 겁니다. 똑바로 앉아라. 짝다리 짚지 마라. 걸을 때는 반드시 허리를 세우고 걸어라. 그것을 제대로 안 지켜서 디스크가 온 것입니다."라는 대답이었다. 맞는 얘기다. 요즘 '꽃중년'이라는 얘기가 많이 나오고 있다. 얼짱 수준의 외모를 추구하는 것보다 더 중요한 것은 바른 생각과 자세를 가질 수 있도록 평소에 유념하고 관리하는 것이라고 생각한다.

특히 이제는 스마트폰 없이 살 수 없는 세상이다. 목을 과도하게 숙이면서 스마트폰을 들여다 보고, 의자에 삐딱하게 앉아서 오랜 시간 스마트폰을 만지는 행동이 바른 자세에 나쁘다는 것을 우리는 익히 잘 알고 있다. 그런데 습관적으로 그렇게 하고 있다. 하루에 30분 정도 운동하면서 자세를 바르게 하더라도 나머지 시간을 바르지 못한 자세로 스마트폰을 한다면 결국 몸은 삐딱하게 될 수밖에는 없는 것이다.

둘째, "말은 생각을 담는 그릇이다. 생각이 맑고 고요하면 말도 맑고 고요하게 나온다. 생각이 야비하거나 거칠면 말 또한 야비하고 거칠게 마련이다. 그러므로 그가 하는 말로써 그의 인품을 엿볼 수 있다. 그래서 말을 '존재의 집'이라고 한다."

(법정 스님의 말씀 中)

평소에 어떤 말을 하느냐는 나의 생각의 깊이를 나타내는 것이라고 할 수 있다. 그러나 최근 들어 많은 사람들이 생각 없이 내뱉는 말들이 너무 많아진 것 같다. 특히 지금 고민하고 있는 '꼰대'의 대표적인 특징이 바로 말(言)이다. 나도 예외는 아니다. 나이가 들어가면서 주위 사람들에게 충고라는 명분으로 뭔가를 얘기해 주려는 성향이 더욱 강해지는 것 같다.

나는 사람들과 같이 있을 때 아무 얘기도 오가지 않는 잠깐 동안의 '침묵'을 견디기가 어렵다. 그래서 무슨 말이라도 해야겠다는 생각에 말을 시작하게 되는데, 그 모임에서 내가 연

장자일 경우 다른 사람들이 예의상 주의 깊게 듣는 척하니 계속 떠들게 되는 것 같다. 내가 뱉는 한 마디 한 마디의 말에 깊은 고민과 성찰이 담겨야 하는데 그렇지 않다는 생각이 든다. 얘기하고 나면 거의 매번 후회하면서도 또 그 짓을 반복하게 된다. 후배들과의 회식을 마칠 때 거의 항상 "오늘 내가 말이 좀 많았네."라는 겸연쩍은 얘기를 하게 된다.

꼭 필요한 때에 본인의 생각과 철학을 담은 말을 할 수 있는 연습이 평소에 필요한 것 같다. 그러기 위해서는 우선적으로 많은 공부가 되어야 하는 것이 당연하고, 그 이후에 나의 생각과 지식(지혜)을 세련되게 상대방에게 표현하는 방법도 필요하다. 특히 사람들이 잘 안 되는 부분은, 본인이 알고 있는 내용을 상대방에게 일방적으로 얘기해주고 싶은 욕구 때문에 수다스러운 사람이 되어버리는 경우라고 생각한다.

다른 사람들에게 지식과 정보를 전달하는 강사의 등급을 나누면, 가장 낮은 단계의 강사는 '자기가 모르는 것도 아는 체'하는 강사이고, 그 위의 단계가 '자기가 아는 것을 설명'하는 강사이며, 그 위는 '상대방이 듣고 싶어하는 얘기'를 해주는 강사라고 한다. 이 얘기는 비단 강사나 교사와 같이 다른 사람을 가르치는 사람들에게만 국한되는 얘기는 아닌 것 같

다. 우리가 일상 생활에서 친구나 후배와 대화를 나눌 때도
그에게 도움이 되고 듣기를 원하는 얘기를 조리 있게 해줄 수
있는 사람이 되면 좋지 않을까?

셋째, 이번엔 글(書)이다. 글은 지식 정도로 해석할 수 있을
것 같다. 100세 시대를 맞이하여 '평생 학습'이라는 용어가 요
즘 자주 들린다. 이제는 학교에 다니는 기간 동안만 공부해서
는 안 되고 살아있는 동안 지속적으로 새로운 것들을 배우고
익혀야 한다는 의미다. 내가 지금까지 살면서 가장 후회하고
있고 지금도 노력하고 있는 것이 영어 공부이다. 근데 잘 안
된다. 학교 다닐 때는 몰랐는데 사회생활을 하면서 외국어를
한다는 것의 중요성을 많이 느꼈다.

누군가 이런 얘기를 했다.

"영어를 잘한다는 것은 본인의 지식의 경계가 획기적으로
넓어진다는 의미이다."

맞는 말인 것 같다. 인터넷에서 정보를 찾을 때 과연 한국
어로 올라오는 정보의 양이 전체 정보 양의 얼마나 될까? 영
어만 제대로 한다면 내가 취득할 수 있는 정보의 양이 무궁
무진하게 늘어날 수 있다는 것이다. 물론 요즘은 우리가 도움
을 받을 수 있는 번역기가 하루가 다르게 기능이 좋아지고 있

다. 영어 공부를 열심히 할 것인지, 기술이 좋아지고 있는 통/번역기를 잘 활용할 것인지는 개인이 선택할 문제이지만, 중요한 것은 외국어(영어)에 대한 관심만큼은 유지했으면 좋겠다는 것이다.

이렇듯 우리가 살아가면서 지식을 늘리는 학습의 필요성은 지속적으로 높아지는 것 같다. 나의 손에 들려 있는 핸드백이나 가방의 브랜드만 중요한 것이 아니라 그 안에 어떤 물건을 넣고 다니느냐가 더 중요하다고 비유할 수 있겠다. 그것들이 10년 후 나의 모습을 결정해주는 것이다.

마지막으로 판단력이다. 나는 이것을 '지혜'로 해석하고 싶다. 인생을 살면서 특히 나이가 들어갈수록 우리는 이전과 다른 지혜(판단력)를 가질 수 있어야 한다. 공자는 〈위정편(爲政篇)〉에서 "나는 나이 열다섯에 학문에 뜻을 두었고(吾十有五而志于學), 서른에 뜻이 확고하게 섰으며(三十而立), 마흔에는 미혹되지 않았고(四十而不惑), 쉰에는 하늘의 명을 깨달아 알게 되었으며(五十而知天命), 예순에는 남의 말을 듣기만 하면 곧 그 이치를 깨달아 이해하게 되었고(六十而耳順), 일흔이 되어서는 무엇이든 하고 싶은 대로 하여도 법도에 어긋나지 않았다

(七十而從心所欲 不踰矩)."고 얘기하였다. 그런데 내 나이 50이 넘었는데도 솔직히 하늘의 명을 깨닫지 못하고 있다. 나만 그런가?

판단력(지혜)과 관련하여 인간의 지능을 좀 살펴볼 필요가 있다. 인간이 가진 지능을 두 가지로 나누면 유동성 지능과 결정성 지능으로 구분할 수 있다고 한다.(Hon&Cattel)

유동성 지능은 유전적 요인에 의하여 결정되는 지능으로 정보 처리 속도, 새로운 상황에의 적응력, 숫자 감각 등을 의미하며 이러한 유동성 지능은 일반적으로 나이가 들수록 감퇴한다고 한다. 반면 결정성 지능은 후천적 경험과 평소의 학습 등에 의하여 결정되며 사물을 비교 구분하고 논리적으로 추론하는 지능을 얘기한다. 이 결정성 지능이 바로 판단력을 얘기하는 것 같다. 다행히 이 지능은 유동성 지능과는 달리 나이가 들면서 더 개발된다는 것이다.

《나는 왜 너가 아니고 나인가》라는 책이 있다. 북아프리카 인디언 추장들의 연설문을 모아 놓은 책인데, 오랫동안 인생을 살아오면서 터득한 인디언 추장들의 지혜를 배울 수 있어서 많은 사람들이 읽는 책이다.

이렇듯 사람은 나이가 들수록 살아오면서 터득한 자기만의 지혜를 쌓을 수 있어야 하며, 이를 주위의 다른 사람들과 나눌 수 있으면 더욱 좋겠다. 그래서 나의 자녀들이나 후배들이 어떤 문제를 안고 있을 때, 그들이 그 문제를 해결할 수 있도록 도와줄 수 있는 지혜로운 한 마디를 멋지게 해주고 싶다. 아무 생각 없이 주절대는 '꼰대의 잔소리'가 아니라……

나는 지금 신언서판의 관점에서 나 자신을 어떻게 관리하고 있는가?

8. 최소량의 법칙

물통이 하나 있다. 나무 조각들을 잇대어서 만든 이 물통에 내가 채울 수 있는 물의 양은 얼마일까?

독일의 화학자이자 '비료의 아버지'라 불리는 유스투스 리비히(Justus von Liebig)가 '최소량의 법칙'을 제시했다. "모든 동식물은 최소량의 법칙에 따라 성장한다"는 내용이며 "성장을 좌우하는 것은 넘치는 영양소가 아니라 모자라는 영양소가 결정한다"는 이론이다.

이 물통에 담을 수 있는 물의 양은 가장 작은 나무 조각의 높이까지이다.

중장년들의 역량 개발(자기 계발)과 관련하여 가장 강조하고 싶은 얘기가 바로 '최소량의 법칙'이다. 우리는 매일매일 자신을 성찰하면서 내가 채울 수 있는 물의 양은 얼마인지, 어떤 부분이 부족해서 물을 더 채울 수 없는 것인지, 그것을 어떻게 보완할 수 있는지, 오늘 하루는 얼마나 보완했는지를 점검해볼 필요가 있다.

이는 비단 역량 개발에만 국한된 얘기는 아니며, 나의 행복한 삶에도 그대로 적용해볼 수 있는 개념이다. 아무리 돈이 많고 사회적으로 성공한 사람이라 하더라도 가족들과의 관계가 원만하지 않고 불행하다면 그 사람이 느낄 수 있는 행복의 수준은 바로 그만큼밖에는 되지 않는 것이다. 건강도 친구 관계도 마찬가지다. 그렇기에 사람은 본인의 행복에 영향을 미치는 모든 요소들에 대하여 골고루 관리하면서 행복을 가꾸어 나가야만 하는 것이다.

기업에서는 직원들을 평가하여 일정 시점이 되면 진급을 시키곤 한다. 그런데 가만히 생각해 보자. 신입 사원이 들어와서 일하다가 대리 진급 대상자가 되었을 때는 무엇을 기준으로 진급자가 결정되는가? 아마 대부분의 경우 저 친구가 무엇을 잘하는지를 기준으로 결정될 것이다. 과장 진급 대상자도 마찬가지일 것이다.

그런데 더 상위 직급으로 올라가더라도 이 기준이 그대로 적용될까? 예를 들어 임원 자리에 공백이 생겨서 1명을 진급시켜야 한다면 과연 후보자들의 어떤 부분을 평가하여 최종 진급자를 결정하게 될까?

이때는 그 사람이 어떤 부분을 잘하고, 어떤 강점을 가지고 있느냐보다는 어떤 단점이 있는지를 집중적으로 살펴보게 된다. 왜냐하면 이미 임원 진급 후보자가 되었다는 것만으로도 그 사람의 강점은 충분히 검증되었다고 할 수 있기 때문이다. 이제는 그 사람이 가지고 있는 단점이 향후 임원 역할을 수행하는 데 얼마나 지장을 주겠느냐 하는 부분이 더 중요해진다.

예를 들어 업무 전문성도 탁월하고 그동안의 업무 성과도 좋았지만 이 사람의 리더십에 문제가 있거나 다른 조직과의 융화에 문제가 있다면 진급에서 제외될 수밖에 없는 것이다.

중장년들이 다른 기업에 재취업을 하거나 본인의 사업을 할 경우에 실무 담당자의 역할을 수행하는 경우는 그리 많지 않을 것이다. 대부분 리더급의 역할을 수행하게 되는데, 이 직급에서는 본인이 가지고 있는 강점보다는 약점이 더욱 중요하게 평가된다.

치명적인 '약점'은 반드시 관리하자.

한때 '강점 혁명'이라는 개념이 유행한 적이 있었다. 본인이 다른 사람보다 잘할 수 있는 분야를 정해서 그 부분을 집중적으로 강화하는 것이 본인의 약점을 보완하기 위하여 노력하는 것보다 훨씬 효과적이라는 개념이다. 이 얘기도 맞는 얘기이다. 앞서 평생 직업을 가져가기 위해서는 다른 사람과 차별화되는 강점 개발이 필요하다는 것을 얘기했다. 그런데 내가 아무리 멋지고 확실한 강점을 가지고 있더라도 타인이 '문제'라고 인식하는 치명적인 약점이 있다면 그것은 너무 위험하다는 것이다. 우리는 지금까지 살아오면서 내가 가진 약점이 무엇인지를 잘 알고 있다. 하지만 그동안 그 약점을 개선하지 못했다. 게을러서 그랬을 수도 있지만 그만큼 한 사람이 가진 특성을 바꾼다는 것은 어려운 것이다.

지금의 약점을 완전히 제거하자는 제안을 하는 것은 아니다. 그 약점이 특정 상황에서 '문제가 되지 않을 정도'로 반드시 관리하자는 것이다. 왜냐하면 그 약점 때문에 원하는 만큼의 물을 담을 수 없는 상황은 피해야 하기 때문이다.

제4장

관계

『둘 이상의 사람, 사물, 현상 따위가
서로 관련을 맺거나 관련이 있음』

。

사람 인(人)이라는 한자의 의미는
두 사람의 어울림이 사람의 본질"

。

1. 친구(友)의 중요성

사람이란 홀로 태어나서 홀로 죽는다. 하지만 어렸을 때 부모님의 도움을 받고 성장하면서 친구도 사귀고 그 친구들과 또 서로 돕고 지내듯이 살아가는 모든 시간은 자기 혼자 절대 살아갈 수 없다. 그렇기에 나 스스로 인생에 대한 목표를 세우고, 그러한 인생을 살아가는 데 필요한 실력을 쌓고 올바른 생각으로 실행하는 것 못지않게 다른 사람들과 어떻게 어울려 살아가느냐의 문제는 매우 중요한 인생의 과제가 된다고 할 수 있겠다.

우리가 인생을 살아가는 동안 가족을 제외하고 가장 의지하고 도움을 주고받을 수 있는 사람들이 바로 '친구'인 것 같다.

노숙자로 살고 있는 사람들의 공통점은 지난 몇 년간 건전한 인간관계(교우관계)를 맺지 못한 것이라는 연구 결과가 있다고 한다. 물론 여러 가지 사정으로 노숙 생활을 하는 사람들을 천편일률적으로 평가한다는 것이 부적절하기는 하지만 건전한 인간관계의 중요성을 한번쯤 생각해 볼 수 있는 부분인 것 같다.

한 사람이 평생을 살면서 마음에 맞는 친구 '4명'을 사귀겠다는 목표를 가지는 것이 적절하다는 주장도 있다. 또 현재 다니는 직장에서는 3명의 절친이 필요하고, 직장에 친한 친구가 적어도 3명 이상인 사람들은 자신의 직장 생활에 매우 만족할 확률이 96%나 더 높다는 주장도 있다. (출처: 《프렌드십》 톰 래스 지음)

여기에서 얘기하는 만족도나 숫자 등에 대해서는 이견이 있을 수 있겠지만 대체적으로 그동안의 경험으로 볼 때 이 주장이 타당하다고 생각한다. 직장 내에 진짜 믿고 의지하는 사람이 있는 경우에 웬만해서는 잘 퇴직하지 않는 것 같다. 특히 그 믿는 사람이 자신의 상사일 경우가 더욱 그런 것 같다.

이런 얘기가 있다.

"한 사람이 입사할 때는 그 회사를 보고 결정하지만, 그 회사를 떠날 때는 어떤 한 사람 때문이다."

지금 생각해 보면 나도 정말 평생을 같이 가면서 신뢰를 가지고 관계를 맺고 있는 친구는 그리 많지 않다. 물론 중학교 1학년 때부터 지금까지 만나고 있는 친구들이 10여 명 있긴 하지만, 그 모든 친구들과 정말로 신뢰하면서 지낸다고 하기에는 많이 부족한 것 같다. 또 직장 생활 중 어려운 일이 생겼을 때 언제라도 솔직하게 상의할 수 있고 나를 도와줄 수 있는 사람이 있다는 것만으로도 충분히 그 직장에 기분 좋게 출근할 수 있을 것 같은데, 이 역시 만족스러운 수준은 아니다.

심리적 위안(만족감)뿐 아니라 인생을 살면서 정말 믿고 의지할 수 있는 친구를 사귄다는 것은 개인에게 금전적 효과(믿고 의지하는 가족 같은 사람 1명이 1억의 가치)도 분명히 있다고 한다. 물론 친구를 돈으로 환산한다는 것이 마땅하지는 않지만 그만큼 나에게 친구란 존재가 소중하다는 것을 느껴보자는 의미이다.

이렇듯 좋은 친구 한 명을 사귀어야 한다는 것도 중요하지만 반대로 친구를 정말 잘 선택해서 사귀어야 하는 것도 우리는 분명히 인식해야 할 것이다.

우리에게는 이런 경험이 있다. 야구 경기를 관람하다가 홈런 친 선수의 환호하는 모습을 따라 하고, 기타리스트의 멋진 연주를 보면서 그 동작을 따라 하기도 한다. 이는 바로 우리의 뇌에 있는 '거울 뉴런 (Mirror Neuron)'이라는 뇌세포 때문이라고 한다. 인간은 이 뇌세포로 인하여 타인의 동작뿐 아니라 감정까지도 따라 하게 된다고 한다. 친절, 행복, 불행감까지도.

- 옆 사람이 우울할 때 내가 우울해질 확률 93%
- 친한 친구가 행복해할 때 내가 행복해질 확률 63%
- 판매 지점 매니저의 직업 만족도가 1점 증가하면 지점의 매출이 5% 상승 (직원들에게 행복이 전파되고, 그것이 고객들에게 전달되기 때문)

(출처: 《우분투》 데이비드 R. 헤밀턴 Ph.D 지음)

이렇듯 내가 누구와 함께 있는가가 나에게 직접적인 영향을 주는 것이기에, 친구는 정말 잘 사귀어야 하는 것이다. 이는 나이가 들수록 더욱 중요한 부분이 아닐까 생각한다.

사회심리학자 에리히 프롬의 《사랑의 기술》이란 책에 나쁜 친구에 대하여 다음과 같이 정리하고 있다.

첫째, 일상적인 생활 태도가 음울하고 불쾌한 사람. 위에서 얘기한 거울 뉴런의 개념을 다시 한번 생각해 보면 이 의미를 이해할 수 있을 것이다.

둘째, 육신은 살아 있으면서도 정신은 죽어 있는 사람. 평소에 탐구하고 사색하고 공부하지 않는 사람은 좋은 친구가 될 수 없다.

셋째, 생각과 대화가 보잘것없는 사람. 신언서판(身言書判)이 제대로 관리되지 않는 사람이라고 생각하면 되겠다.

넷째, 뜻을 담지 못하고 그저 지껄이는 사람. 본인의 진중한 생각을 담은 얘기를 할 수 있는 사람이 되어야만 한다.

다섯째, 자신의 견해로 얘기하지 않고 남의 의견에 휩쓸리는 사람. 본인의 주관과 생각보다는 주위의 의견에 휩쓸려 다니는 사람은 좋은 친구가 될 수 없다.

결국 우리는 내가 사귀고 만나는 친구를 따라 하게 되어 있기에, 이런 나쁜 유형의 친구를 사귀면 나도 그 친구와 같은 수준의 사람이 된다는 것이다. 우리 옛말에 '유유상종(類類相從)'이란 얘기도 있지 않은가?

친구와 나는 서로를 비추는 거울(Mirror)이다.

또 하나 중요한 것은 나쁜 친구와 사귀지 않는 것보다 내가 이런 나쁜 친구가 되지 않도록 스스로를 점검해 보고 성찰해 나가는 것이다.

학교에서 문제를 일으킨 학생의 부모님을 학교로 오라고 하면 대부분의 부모들이 "우리 애는 착한데 친구를 잘못 사귀어서 그렇다"고 얘기한단다. 정말 잘못된 얘기이다. 물론 일시적으로 우연히 어울렸을 수는 있지만 착한 학생이 불량 학생과 친구가 될 가능성은 거의 없기 때문이다. 결국 내가 정말로 좋은 친구들과 사귀고 싶다면 내가 먼저 좋은 친구가 되어야 한다는 것을 명심할 필요가 있다.

2. 친구 잘 사귀는 법

그럼 친구를 잘 사귀는 방법은 어떤 것들이 있을까?
몇 가지의 방법을 제안해 보면 이렇다.

첫째, 감사하라.

감사의 한자는 感謝인데 파자(破字, 한자의 자획을 풀어서 나누어 봄)를 해보면 이렇다. 감(感)은 다할 함(咸)에 마음 심(心)이다. '마음을 다하는 것'이 感이란 것이다. 사(謝)는 말씀 언(言)에 쏠 사(射)로 이루어진 한자다. 말로 쏜다는 의미가 된다. 사례한다는 의미도 있지만 거절한다는 의미도 있다고 한다. '말을 통해 감사한 마음을 전한다'는 뜻이 되는 것이다. (※ 출처: 《리더를 위한 한자 인문학》 김성회 지음)

친구에게 감사한 마음이 있다면 이를 표현해야 하는 것이 중요하다는 것이다. 말(言)이 되었건 작은 선물이 되었건 친구에게 쏘아야 한다. 친한 친구이니 굳이 말로 고맙다고 하지 않아도 내 마음 알아주겠지 하고 생각하지 말라는 것이다.

가족도 마찬가지이다. 가까운 사이일수록 고마운 일이 있을 때 감사하다고 얘기하는 것이 중요하다는 점을 기억하고 실천하면 어떨까?

둘째, 사과할 줄 알아야 한다.

가까운 사이일수록 내가 잘못한 경우에 진정으로 사과할 줄 알아야만 그 관계를 오랫동안 유지할 수 있다. 진정한 사과는 다음의 3가지를 포함하고 있어야 한다고 한다.

- 내가 한 일은 잘못됐어.
- 너에게 상처를 준 점 미안하게 생각해.
- 내가 어떻게 하면 좋을까?

(※ 출처: 《마지막 강의》 랜디 포시 지음)

우리는 흔히 가까운 사이이기에 부끄럽기도 하고, 상대방이 내 마음을 알아주겠지 하는 생각에 사과에 인색한 경향이 있다. 특히 나를 포함한 중장년 남성들은 쑥스러워서 이런 얘기를 잘 못한다. 상대방이 나에게 소중한 만큼 사과도 더욱 진정성을 담아서 정중하게 해주는 것이 중요하다는 점을 잊지 말자. 말로 사과하기 어려우면 넌지시 '사과'(과일)라도 하나 건네자.

셋째, 양(量)보다는 질(質)을 관리하라.

새로운 인맥을 만드는 것보다는 기존의 인맥을 잘 관리하는 것이 더욱 중요하다는 얘기다. 친구가 많다고 자랑하는 것이 중요한 것이 아니라 나와 진정으로 감정을 교류하면서 살아갈 수 있는 친구가 있느냐가 더욱 중요하다는 것이다.

'천 명의 아는 사람보다 한 명의 친구가 더욱 소중하다.'

더욱이 요즘은 SNS의 발달 등으로 많은 사람을 사귈 수 있는 기회는 점점 더 많아지는데, 예전에 비해서 요즘 사람들 간의 관계가 점점 더 옅어지는 것 같다는 느낌이다. 그렇기에 내가 소중하게 생각하는 친구들에 대해서는 그들과의 관계의 질(質) 관리에 더욱 신경을 써야만 하는 것이다.

특히 중장년들은 나이가 들어가면서 새로운 사람을 만나서 사귄다는 것이 점점 더 어렵다는 것을 아마 느낄 것이다. 이러한 상황이기에 기존에 관계를 맺고 있는 사람들을 잘 관리하는 활동을 우선시하는 것이 매우 소중하다.

넷째, 친구의 꿈을 지원하라.

내가 다른 사람의 친구라고 얘기할 수 있으려면 다음의 3가지를 알고 있어야 한다고 한다. 그 사람의 '꿈', '고민', 그리고 '장점'.

입장을 바꾸어 놓고 생각해 보면 나의 꿈, 고민, 장점을 알아주는 사람이 있다면 나도 기분이 매우 좋아진다. 마찬가지로 내가 누군가의 진정한 친구가 되려면 그 사람의 이런 것들을 알고 있고, 또 상대방의 고민을 해결할 수 있도록 도와주고 꿈을 실현할 수 있도록 지원해줄 수 있는 친구가 되어야 한다는 것이다. 만나서 맛있는 음식점만을 찾아다니고 어울려서 즐거움만을 추구하는 친구 관계는 오래가지 못할 뿐 아니라 서로에게 전혀 도움이 되지 않는다.

아기가 처음으로 걸음마를 뗄 수 있는 이유는 부모가 믿음을 가지고 아기의 노력을 지켜보고 응원해 주기 때문이라고 한다. 이렇듯 내가 꿈을 실현해 가는 과정을 지켜보고 응원해 주는 친구를 사귈 필요가 있고, 내가 먼저 그런 친구가 되는 것이 우선적으로 필요하다는 것이다.

다섯째, 자신의 말(言)을 지켜라.

신뢰를 뜻하는 '信'이란 한자는 사람(人)과 말(言)이 합쳐진

글자이다. 즉 신뢰를 얻기 위해서는 자신의 말을 지켜야 한다는 의미가 되는 것이다. '언행일치(言行一致)'라는 사자성어의 의미와 같다고 할 수 있다.

반대로 '은(狺)'이란 한자도 있다. '으르렁거릴 은'이라고 부르는 한자이다. 솔선수범과 언행일치 없이 으르렁거리기만 하는 것은 믿음은커녕 '개소리'가 될 뿐이란 얘기다.

앞에서도 얘기했지만 중장년들이 꼰대라고 불리는 이유 중 하나가 '잔소리' 때문이라고 한다. 특히 자녀들이나 후배들에게 우리의 얘기가 잔소리에 그치지 않도록 관리해야 하는데, 그 방법의 하나가 스스로의 '실천'이 될 수 있지 않을까? (자녀들 입장에서 부모님과의 '대화'를 '대놓고 화 내는 것'으로 인식한다는 우스갯소리가 있다.)

3. 직장(사회)에서의 관계

지금까지 얘기한 친구 관계뿐 아니라 우리는 살아가면서 사회생활, 특히 직장생활을 하면서 많은 관계를 맺게 된다. 우리가 살아가면서 소속하게 되는 직장, 군대 등 모든 종류의 '조직'을 경영학에서는 이렇게 정의하고 있다.

'공통의 목적 달성을 위하여 2인 이상의 사람이 지속적인 상호 작용을 하는 집단'

그렇기에 끊임없이 조직 내에 있는 사람들과 관계를 맺어가면서 상호 작용을 발생시키는데, 그러한 상호 작용은 좋은 것(협력 등)도 있지만 갈등과 혼란이라는 부정적인 것들도 포함되게 된다. 특히 사회(직장)생활을 하면서 만나는 사람들과는 가족이나 친구들과는 달리 '특정한 목적'을 가지고 만나는 경우가 대부분이다. 물건을 팔기 위해서 만난다거나 아니면 회사에서 부여 받은 어떤 과제를 해결하기 위하여 다른 부서의 사람들과 만난다거나, 일을 같이 하기 위하여 매일 아침 사무실에서 만나는 식으로 구체적인 목적을 가지고 이루어지는 만남이 많다.

핏줄로 맺어진 가족과는 어떤 목적을 가지고 만나는 경우는 없다. 자녀들과 만나서 가정을 이루고 살아가는 이 과정이 어떤 목적을 가지고 있는 것은 당연히 아니다. 또한 어렸을 때부터 학교나 동네에서 만난 친구들과도 '만남을 통하여 이런 것들을 달성해야겠다'는 목적 의식을 가지고 만나지는 않는다. 물론 친구들과 만나서 뭔가를 같이 하는 경우(동업 등)는 있지만 중요한 것은 친구라는 관계가 먼저이고 그 친구와 사귀면서 이런저런 활동을 한다는 것이란 점이다. 하지만 사회 생활에서 만나는 사람들과는 이런저런 일(사업)들을 해야 하기에 그 사람을 만나게 된다는 차이가 있다.

서로에게 '이익'이 되는 관계가 되어야 한다.

다 아는 얘기를 이렇게 장황하게 하는 것은 사회생활에서 만나는 사람들과 맺는 관계의 본질을 정확히 이해하자는 의미이다. 소위 얘기하는 '이해 관계(목적)'라는 것이 만남의 전제 조건이기에 이 부분을 잘 이해하고 만남을 진행할 필요가 있는 것이다. 내가 저 사람을 왜 만나느냐? 나는 저 사람과의 만남에서 무엇을 얻을 것이고, 저 사람에게 나는 또 무엇을 줄 것인가? 그래서 종국적으로 나는 저 사람에게 어떤 사람으로 기억될 것인가? 이런 것들을 생각하면서 사회 관계를 맺고 관리할 필요가 반드시 있는 것이다.

4. '신뢰'의 구성 요소

그럼 사회생활에서 만나는 사람들과의 관계를 관리하는 핵심은 무엇일까?

여기에 대해서는 많은 얘기들이 있을 수 있겠으나 나는 '신뢰(信賴)'라는 단어를 핵심적으로 제시하고 싶다.

신뢰란 국어사전에서는 '서로 믿고 의지함'이란 의미로 풀이하고 있다. 지금 만나는 사람을 내가 믿을 수 있어야 하고, 또 상대방도 나를 믿을 수 있는 관계가 되었을 때 비로소 두 사람 사이에는 신뢰가 형성되었다고 할 수 있다는 것이다.

또한 신뢰를 '상대방이 나를 해치지 않을 것이란 믿음'이라는 의미로 받아들인다고 한다. 우리가 사람을 만났을 때 하는 악수도 내 손에 흉기가 없다는 것을 상대방에게 보여주는 동작에서 유래하였다고 한다. 이렇듯 인류는 '안전의 욕구' 관점에서 상대방과의 관계에서 나의 안전을 중요하게 생각했고, 그것들이 좀 더 발전하여 상대방에 대한 심리적인 믿음과 의지의 수준으로까지 발전된 것이라고 해석된다.

결국 사회생활을 하면서 만나는 사람들에게 나는 일차적으로 그 사람을 해치지 않는 사람이 되어야 하고, 더 나아가서 그 사람에게 믿음과 의지를 줄 수 있는 사람이 되어야만 성공적으로 관계를 관리할 수 있다는 얘기로 정리할 수 있겠다.

그렇다면, 신뢰를 형성하기 위해서 필요한 것들은 무엇일까? 나는 아래의 공식이 적절한 얘기라고 생각한다.

신뢰 = 역량 X 개방성 X 관심 X 일관성

(※ 출처: 《마음으로 리드하라》 류지성 지음)

신뢰란 4가지의 구성 요소가 골고루 갖추어졌을 때 비로소 형성될 수 있으며, 중요한 것은 각 구성 요소의 관계가 합(+)이 아니라 곱(X)의 관계란 점이다. 다른 요소가 아무리 잘 갖추어졌더라도 어느 한 요소가 부족하면 상대방과의 신뢰 수준은 '0(Zero)'가 될 수 있다.

먼저 맨 뒤에 있는 '일관성'을 간단히 설명하면 사람은 한결 같은 태도로 상대방을 대해야 한다는 것이다. 사람이 만날 때마다 태도나 방식이 달라진다면 상대방은 혼란스러워할 것이고 결국은 신뢰를 쌓기가 어렵다는 얘기가 된다.

특히 직장에 다니는 젊은 직원들 대상으로 의견을 들어보면 모두가 공통적으로 힘들어 하는 것이 직장 상사의 '변덕'이라고 한다. 중장년들이 좀 더 신경 써야 할 부분인 것 같다. 더욱이 이 일관성은 오랜 시간 유지되어야만 하는 것이기에 본인이 각별히 명심하면서 관리해야만 하는 것이다.

'공든 탑이 무너진다'라는 옛말도 있듯이 어렵게 상대방에게 내가 보여주던 모습을 하루아침에 무너트려 버릴 수 있는 것이 일관성이란 점을 유념하면 좋겠다.

다음은 '개방성'과 '관심'이다.

'개방성'은 바꾸어서 얘기하면 'Open Mind'이다. 풀이하면 '태도나 생각 따위가 거리낌 없고 열려 있는 상태나 성질'을 의미한다.

사회생활을 하다 보면 흔히 이런 사람도 만나게 된다. 도무지 본인이 원하는 것도 잘 얘기하지 않고, 속으로 무슨 생각을 하는지 전혀 이해할 수 없는 사람들. 이런 사람들과 만나고 나면 정말로 기분이 좋지 않다. 특히 만났을 때 말 없이 슬쩍 웃기만 하는 사람을 만나면 아주 기분이 안 좋다. 특히나 요즘같이 여러 가지 유형의 범죄가 날로 늘어나는 상황에서는 이상한 기분까지 들곤 한다.

이런 사람을 흔히 '크렘린 같은 사람'이라고 표현하곤 한다. 지금의 러시아가 사회주의 체제인 소련이란 나라일 때 그 나라의 중심이 크렘린 궁(宮)이었고, 그때 서방의 사람들이 볼 때 도대체 소련 사람들은 어떤 생각을 가지고 있는지를 전혀 알 길이 없었기에 자기 속을 드러내지 않고 상대방과 열린 대화를 하지 못하는 사람들을 '크렘린 같은 사람'이라고 얘기했던 것으로 기억한다.

사람들과의 만남에서 개방성을 높이기 위해서는 상대방과의 '공감'이 우선 중요하다고 할 수 있다. 공감이란 '남의 감정, 의견, 주장 따위에 대하여 자기도 그렇다고 느끼는 상태'를 의미하는 것이라고 풀이할 수 있다. 내가 지금 만나는 사람의 얘기에 귀 기울이고 그 사람의 생각을 이해해 주고 맞추어 주는 것이 바로 공감이다.

이러한 공감을 잘하는 사람들이 다른 사람들을 편하게 만들어주고, 또다시 만나고 싶은 사람이 될 수 있는 것이다. 입장을 바꾸어 놓고 생각해 보면 쉽다. 누군가를 만나서 얘기를 나눌 때 전혀 그 사람이 나의 얘기에 신경 쓰지 않고 자기 얘기만을 한다면 나부터도 다시는 그 사람과 만나고 싶지 않을 것이다.

공감은 '진심'이 전제되어야 하며, 진심은 바로 신뢰의 2번째 구성 요소인 '관심'을 전제로 가능한 것이다. 그렇기에 사회관계에서 신뢰를 형성하기 위하여 필요한 구성 요소인 개방성과 관심은 일맥상통하고 서로 연결되어 있는 개념으로 이해하면 되겠다.

나는 이 모든 얘기들의 핵심은 바로 '타인에 대한 애정'이라고 생각한다. 지금 만나는 이 사람을 그저 목적을 달성하기 위한 수단으로 바라보지 않고, 그 사람 자체를 존중해주고 사랑해주려는 마음이 개방성과 관심의 출발이라는 것이다.

같은 산(山)을 바라보면서 등산가는 도전하여 성취감을 얻는 대상으로 관심을 두는 반면 투기꾼은 일확천금의 대상으로만 생각하고, 환경 운동가는 보호하고 보존해야 하는 대상으로 바라본다. 이렇게 인간관계에서 상대방을 어떤 존재로 인식하고 관심을 두느냐에 따라 그 사람에 대한 개방성, 공감, 관심의 정도에서 차이가 발생하게 되는 것이다.

인간은 누구나 인간 자체로서 존중받아야만 하는 존재다. 돈이 많든 적든, 사회적으로 높은 지위에 있든 아니든, 얼굴이 잘생겼든 못생겼든, 개인은 기본적으로 존중받아야만 하는 것이다.

인간은 이렇게 태어나면서부터 똑같이 존중받아야 할 권리를 가진 존재라는 의미로 '존재론적 평등성'이란 표현도 있다. 내가 사회생활에서 만나는 모든 사람은 바로 이런 존재이다. 내가 만나는 한 사람 한 사람을 존중해주는 것이 이 세상을 살아가는 기본 자세라는 말이다.

그런데 요즘 우리가 살아가는 사회를 보면 이런 부분들을 망각하는 사람들이 너무 많아지고 있는 것 같다. TV나 인터넷에서 '갑질'이란 용어가 끊임없이 나오고 있다. 내가 조금 더 우월한 위치에 있다고 해서 상대방을 무시하고 그들을 존중하지 않는 행태를 하는 사람들을 일컫는 말이다. 이들은 정작 자신은 어떤 경우에도 타인으로부터 존중받아야만 한다고 생각한다는 이율배반적인 특성을 나타낸다. 내가 다른 사람을 존중하지 않으면서 나는 다른 사람으로부터 존중받아야겠다고 하는 풍조가 너무 심해지는 것 같다.

공자(孔子)가 얘기한 '己所不欲勿施於人(기소불욕물시어인)'이란 말은 "자기가 싫어하는 것을 남이 하도록 강요하는 것은 이기심이며, 상대의 입장을 생각하는 마음과 상대에게 관용을 베푸는 마음이 필요하다"는 뜻이다.

내가 하기 싫은 것은 다른 사람도 하기 싫을 것인데, 그것을 강요한다는 것은 사람의 도리가 아니란 얘기를 사람들과의 관계에서 반드시 생각해 보아야 할 것이다.

내가 다른 사람으로부터 대접 받고 싶은 만큼 내가 먼저 타인을 존중하고 대접해 주는 것을 통하여 상대방에 대한 관심을 높이고 공감을 잘하는, 그래서 신뢰를 쌓는 인간관계를 만들어 갈 수 있는 것이다. 결국 인간 관계는 'Give & Take' 이다.

신뢰의 출발은 '대화'이다.

상대방에 대한 공감과 관심을 가장 잘 보여줄 수 있는 방법이 바로 'Communication'이라고 할 수 있다. 쉽게 얘기하면 상대방과의 '대화'를 잘하자는 것이다. 왜냐하면 '공감 능력'이란 상대의 욕구를 읽어내고, 가려운 데를 찾아서 긁어줄 수 있는 능력을 얘기한다고 할 수 있기에 상대의 얘기를 잘 들어주는 것이 그 출발이라고 할 수 있기 때문이다.

아직도 우리나라 사람들이 가장 고통 받는 질병은 '암(癌)'인 것으로 알고 있다. 그런데 이 암(癌)이란 한자를 잘 살펴보면 입(口)이 3개가 있고 산(山)이란 한자가 들어가 있다. 입이 세 개나 필요할 정도로 하고 싶은 말이 많은데, 그것이 산에 갇혀서 막혀 버렸다는 뜻이라고 한다. 내가 하고 싶은 말을 제대로 하지 못하면 암에 걸린다는 얘기다.

요즘은 그렇지 않지만 옛날 우리의 할머니나 어머니 세대의 여자들은 시집와서 살면서 하고 싶은 얘기를 제대로 못하고 살았다. '화병'이라는 단어도 그때에 생겼다. 하고 싶은 말은 많은데 하지 못하면서 가슴이 답답해서 주먹으로 가슴을 치는 일들이 반복되면서 원인 모를 병이 걸려 버리는 것이다.

살아가면서 마음속에서 하고 싶은 얘기를 해버릴 필요가 있다. 중장년들이 마음속에 고민과 생각은 많은데 얘기할 곳이 마땅치 않기에 정신적으로 힘들다고 한다. 어디 가서 힘들다고 얘기하면 나이 먹을 만큼 먹고 그 정도 일로 힘들다고 하느냐며 핀잔을 듣는다. 이것부터 풀어야 한다. 더 나아가 우리가 만나는 사람들이 자기의 얘기를 충분히 할 수 있도록 기회를 만들어 주는 것이 대화의 핵심이라는 것도 잊지 말자.

나도 이 부분을 잘 못한다. 그래서 '꼰대' 소리를 듣는 것이다. 대부분의 대화에서 내가 하고 싶은 말, 주장하고 싶은 얘기들만을 떠들다가 대화가 끝나버리는 경우가 많다. 상대방과의 대화에서 더 많은 것을 얻는 사람은 나의 얘기를 많이 하는 사람보다는 남의 얘기를 많이 들어주는 사람이란 것을 우리는 경험을 통해 알고 있다.

대화의 '1 2 3 법칙'이란 것이 있다고 한다. 누군가와 만나서 대화를 할 경우에 내 얘기는 한 번만 하고, 상대방의 얘기를 두 번 들어주고, 세 번 맞장구를 쳐주라는 의미이다. 참 맞는 말인 것 같다. 그럼 상대방의 얘기를 잘 듣는다는 것은 무엇을 의미할까? 듣는다는 의미의 한자인 '청(聽)'자를 잘 살펴보면 그 해답을 찾을 수 있다.

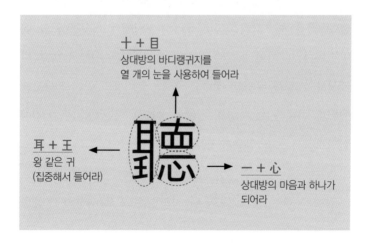

十 + 目
상대방의 바디랭귀지를
열 개의 눈을 사용하여 들어라

耳 + 王
왕 같은 귀
(집중해서 들어라)

一 + 心
상대방의 마음과 하나가
되어라

우선 상대방이 얘기할 때 거기에만 집중해서 들어야 한다는 것이다. 나는 우리 아들 딸과 대화할 때 아이들이 대화에 집중하지 않는 것이 가장 답답하다. 아빠가 뭐라고 얘기해도 스마트폰을 이기지 못한다. 스마트폰 없이 얘기하자고 하면 분위기가 아주 싸늘해진다.

내가 다른 사람의 얘기에 집중해서 들어주지 않는다면 상대방도 마찬가지의 답답함을 느낄 것이다. 그래서 귀를 먼저 열어야 한다.

또한 사람은 하고 싶은 얘기를 말(言)로만 표현하지 않는다고 한다. 어떤 조사에 따르면 사람이 말을 할 때 그 내용을 전달하는 수단이 언어는 7%에 불과하고, 나머지 93%는 비언어적 수단이 차지한다고 한다. 몸짓, 손짓, 눈빛, 거리감 등의 비언어적 수단을 통해서 자신의 감정과 생각을 더 많이 전달한다는 것이다. 흔히 어린이들이 부모님에게 거짓말을 할 때 말로 하는 얘기와 눈빛이 달라서 들켜버리는 경우가 바로 그것이다. 이렇듯 우리는 대화를 할 때 상대방의 입에서 나오는 언어뿐 아니라 그 사람의 신체가 보내는 메시지를 주의 깊게 살펴보면서 들을 필요가 있다.

잘 듣는다는 것의 세 번째 의미는 바로 상대방의 마음을 이해하려고 노력하면서 듣는 것이다. 앞에서도 언급했듯이 내 앞에서 지금 말하는 이 사람을 존중하는 마음을 바탕으로 그 사람의 심정과 감정을 헤아리려고 노력하는 자세가 대화하는 과정에서 반드시 필요하다. 물론 '열 길 물속은 알아도 한 길 사람 속은 모른다'는 얘기가 있듯이 한 사람의 마음을 정확히 읽는다는 것은 쉽지 않다. 하지만 상대방의 마음을 읽고 이해하려는 노력을 하면서 듣는 사람과, 그런 노력 없이 듣는 사람은 분명 말하는 사람 입장에서는 많은 차이를 느끼게 될 것이다.

대화의 핵심은 '역지사지(易地思之)'이다.

우리가 잘 아는 사자성어에 '역지사지(易地思之)'라는 말이 있다. 처지를 바꾸어서 생각해 본다는 뜻으로 내가 상대방의 입장에서 생각해 보자는 것이다. 누군가의 얘기를 들어줄 때는 바로 역지사지의 자세가 반드시 필요하다. 그래서 상대방이 지금 감정적으로 많이 힘든 상태라고 느껴지면 그것을 아는 체해주고, 그 다음 대화를 이어간다면 상대방은 나와의 대화를 좀 더 편하게 생각하고 더 이야기하고 싶은 마음이 생길 것이다. 그렇게 되면 나는 그 대화를 통하여 보다 많은 것을 얻을 수 있게 된다. 이렇듯 사람들과의 대화에서 내가 그 사람의 말을 잘 들어준다는 것은 단순히 그 사람을 위하는 것뿐만 아니라 나를 위한 지극히 지혜로운 행동이 되는 것이다.

자동차 운전을 잘 못하는 사람의 특징이 운전 중에 브레이크 페달을 자주 밟는 것이다. 마찬가지로 대화를 잘 못하는 사람은 대화 중에 상대방의 이야기를 끝까지 듣지 않고 자신의 이야기로 브레이크를 자주 거는 사람이라고 비유할 수 있겠다.

앞에서 역량 얘기를 할 때 지식과 지혜에 대하여 얘기했지만 이를 대화에 비유하자면 지식은 말하는 것이고, 지혜는 듣는 것이라고 할 수 있다. 내가 알고 있는 것을 상대방에게 이야기하는 것은 지식이 많은 사람이 될지는 몰라도 지혜로운 사람이 될 수는 없다는 말이다. 왜냐하면 지혜롭지 못한 사람은 '나는 그 정도는 다 안다'에서 시작하므로 새로운 것이 들어갈 틈이 없는 반면, 지혜로운 사람은 '나는 아직 모른다'라는 마음으로 다른 사람 이야기에 귀 기울이니 더 큰 지혜가 쌓이게 되는 것이라고 할 수 있기 때문이다. (※ 출처: 《멈추면 비로소 보이는 것들》 혜민 지음)

별로 아는 것도 없으면서 아는 체만 하는 '꼰대'가 될 것인지, 상대방의 얘기를 많이 들어주는 '지혜로운 중장년'이 될 것인지 개인이 선택할 문제이다.

신뢰의 마지막 구성 요소인 '역량'은, 앞부분에서 이미 일과 관련된 역량 부분에서 충분히 설명한 것 같다. 다만 사회에서 만나서 형성되는 관계는 '특정한 목적 달성'을 위해서 이루어지는 것이기에 당연히 그 목적을 달성할 수 있는 역량을 갖추는 것이 기본 중의 기본이라는 점만 다시 한번 생각하면 좋겠다. 이제는 더 이상 '사람 좋은 사람'으로만 머물러서는 안 된다.

5. 인맥의 관리

지금 자신의 휴대폰을 꺼내서 주소록에 저장되어 있는 사람들의 숫자를 확인해 보자. 나는 지금 733개의 전화번호가 저장되어 있다. 아마 중장년이 될 만큼 사회생활을 해온 사람이라면 최소한 500개 이상의 전화번호는 저장되어 있으리라 생각한다. 물론 이 전화번호들 중에는 '이 사람이 누구였지?'라는 생각이 드는 아주 생소한 번호도 있을 것이다. 또 최근 1~2년 동안 한번도 연락하지 않는 번호들도 많을 것이다.

이렇게 우리는 사회생활을 하면서 많은 사람들을 알게 되고, 그들과 관계를 맺어간다. 그 중에는 나에게 정말 소중한 사람도 있고, 비즈니스 목적만을 가지고 만나는 사람도 있고, 이제는 잊혀 가는 사람들도 있을 것이다. 이러한 사회적 인맥을 관리하는 관점에서 2가지의 포인트를 생각해 보면 좋겠다.

첫 번째는 '전략적 관리'이다. 우리는 누구나 제한된 시간을 가지고 생활을 하고 있으며, 하루도 빠짐없이 많은 이슈들에 둘러 쌓여서 바쁘게 살아가고 있다. 그렇기에 내가 알고 있는 모든 사람들에게 동일한 관심을 보이고 관리할 수는 없다.

기업 경영에서 전략을 정리하기를 '선택과 집중'이라고 한다. 바로 이러한 전략적 관점이 인맥 관리에서도 반드시 필요한 것이다.

구분	(A) 소중한 사람	(B) 기본 관리	(C) 연락처 유지
가족/친지			
친구			
직장 동료			
사회 인맥			
기타			

위의 표와 같이 현재 나의 휴대폰에 전화번호가 저장된 사람들을 한번 분류해 보자. 나에게 가장 소중한 사람들이 과연 누구인지 정확하게 파악해 보자는 것이다. 그리고 (A) (B) (C) 그룹별로 나만의 차별화된 관리 활동을 실행할 필요

가 있다.

예를 들어 (A) 그룹에 속한 사람들에게는 1개월에 1번 이상 전화를 하겠다는 목표를 세우고 이를 지속적으로 실천해 나가는 노력이 필요하다.

인맥의 '전략적 관리'가 필요하다.

중장년들에게 필요한 기술의 하나로 '우아한 거절'을 얘기한다. 젊은 시절과 달리 나의 시간과 체력을 전략적으로 관리한다는 관점으로 굳이 중요하지 않은 모임 등에는 우아하게 참석하지 않는 것이 필요하다는 것이다. 이런 관점에서 내가 관계를 맺고 있는 사람들을 분류하고, 소중한 사람 중심으로 나의 자원과 시간을 집중시키는 전략은 너무나도 당연한 활동이다.

나는 지난 2015년부터 나에게 소중한 사람들에게 책에서 읽거나 누구로부터 들은 의미 있는 정보와 얘기들을 정리하여 매주 월요일 아침에 '소나기(소중한 사람들과 나누고픈 기~ㄹ지 않은 이야기)'라는 제목의 메일을 보내고 있다.

이것은 2가지의 효과가 있는 것 같다.

우선 소중한 사람들과 약속한 다음 주 월요일의 정보 제공을 위하여 1주 동안 무엇이라도 읽고 정리하는 활동을 할 수밖에 없다. 그 과정에서 나의 학습 효과가 분명히 있다.

두 번째는 평소에 바빠서 제대로 연락할 기회가 없는 상황에서 내가 보내는 소나기를 통하여 그 사람과 내가 지속적으로 연결될 수 있다는 것이다. 오래간만에 연락할 일이 생겨서 (특히 내가 무엇인가를 부탁해야 할 일) 전화를 하면 상대방의 첫 번째 반응이 "월요일마다 보내주는 소나기 잘 읽고 있습니다. 근데 제가 제대로 답장도 못했네요."라며 미안해하는 것이다. 이런 반응이 나오고 나면 그 다음 얘기를 하기가 훨씬 편해진다.

또 하나의 사례를 소개하면 국내에서 전문 강사로 활동하는 한 분은 매일 아침 카톡으로 '감사 일기'를 보내온다. 어제 하루 동안 본인에게 감사했던 일이 무엇이었는지를 5개씩 정성껏 정리해서 지인들과 카톡으로 공유하고 있는 것이다. 매일의 아침을 그분 덕분에 감사하게 시작할 수 있어서 너무 좋고, 그분과 자주 연락을 하지는 못하지만 항상 기억하게 되는 효과가 있는 것 같다. 그분과 매일을 같이 생활하는 것 같은

어느 식당

소나기 1580, '18 12.3
H S Kim

지난주에 전남 여수에 출장을 갔다 왔습니다.
출장 중에 밥 먹으러 방문했던 식당에서 찍은 사진입니다. ^.^

내 인생의 미션(왜 사는가?),
나의 비전(기대하는 미래 모습),
핵심가치(생활의 기준)는 무엇일까?

2019년을 맞이하기 전에 다시 한번 정리해 봐야겠습니다.

느낌까지도 든다.

물론 나도 '소나기' 메일을 보내면서 계속 고민이 되는 부분이 있다. 메일을 받는 분 중에는 이런 메일이 부담스럽고 귀찮을 수 있는데, 그런 분들을 어떻게 확인해서 메일을 보내지 않을까 하는 것이 고민이다. 현재의 '공급자 관점'의 메일 서비스가 가지는 한계인 것 같다. 일반 메일과 달리 이런 메일은 개인적 관계(안면)에서 출발한 것이기에 상대방이 '이제 그만 보내라'는 메시지를 보내기도 쉽지 않기 때문이다.

사회적 인맥 관리와 관련하여 나누고 싶은 두 번째 포인트는 바로 '약한 유대의 관리'이다. 조사에 의하면, 재취업을 하는 중장년들이 재취업 과정에서 '평소에 잘 알지 못하는 느슨한 유대 관계의 사람'들로부터 도움을 받는 경우가 70%에 육박한다고 한다. 어릴 때부터 친하게 지내온 친구와 같이 나와 아주 강한 유대 관계를 가진 사람보다 특정 상황에서는 나와 약하게 연결되어 있는 사람들이 더 도움이 된다는 것이다.

사실 이 부분에 대하여 전직 지원 전문가는 이렇게 분석하기도 한다. 중장년이 재취업을 시도하는 경우에 평소에 잘 알고 편하게 얘기할 수 있는 주변의 친구나 친한 지인들은 별로 도움이 되지 않는데, 그 이유가 그 사람들은 대부분 나와 비슷한 입장이나 성향을 가진 사람들이기에 가지고 있는 정보 자체도 나의 그것과 큰 차이가 없기 때문이다. 그렇기에 새로운 직업에 도전해 보거나 새 직장을 찾는 문제와 관련해서 만큼은 그 사람들이 도움이 되지 않는 것이고, 오히려 나의 성공적인 전직에 오류를 발생시킬 가능성마저 가지고 있다고 할 수 있다. 실의에 빠진 친구를 격려한다고 자신도 잘 모르는 특정 자격증이 괜찮을 것 같으니 한번 열심히 해보라고 어깨를 두드려주는 일도 생길 수 있다는 것이다.

그래서 평소에 나와 잘 알지 못하고 연락도 자주하지 않는 사람들과의 관계 유지, '약한 유대의 관리'가 중요한 것이다. 사실 여기에서 '관리'라는 용어를 사용하고는 있으나 나는 개인적으로 '유지'라고 표현하고 싶다. 이 사람들을 위하여 내가 뭔가 적극적인 관리 활동을 한다는 것은 현실적으로 힘들다고 판단하기 때문이다. 다만 '관계 유지' 관점에서 최소한 그 사람들 집단에서 소외되지는 말자는 의미이다.

느슨하게 연결되어 있는 지인들을 무시하지 말자.

약한 유대의 유지라는 관점에서 가장 활용도가 높은 것이

'SNS'인 것 같다. 나는 2017년 말에 국가 자격증을 하나 취득하고, 같은 해 자격증을 취득한 동기들과 함께 밴드를 통하여 소통하고 있다. 이 밴드를 통하여 참으로 많은 정보들이 교류되는데, 특히 사업(컨설팅)적 연결도 꽤 빈번하게 이루어지는 것을 보게 된다. 한번은 내가 특정 프로젝트에 참여할 사람이 필요하여 동기회 밴드에 이런 이런 경험을 가진 사람이 있으면 좋겠다고 간단히 공지를 올렸는데, 채 한 시간도 되지 않아 아주 적격의 사람과 연결되어서 프로젝트를 진행할 수 있었다. 물론 그분은 나와 이전에 일면식도 없던 분이었다. 다만 자격증 동기라는 아주 약한 연결 고리만 가지고 있을 뿐이었다.

우리 동기회 밴드의 회원이 171명이다. 어떻게 이 회원 모두를 잘 알고 친하게 지낼 수 있겠는가? 다만 이렇게 느슨하게 연결되어 있는 관계를 잘 유지하면서 특정한 이슈와 관련하여 서로에게 도움이 되는 역할을 주고 받으면 되는 것이다. 그렇다고 모든 느슨한 관계가 나에게 특정 상황에서 저절로 도움을 주지는 않는 것 같다.

평소에 아주 기본적인 관리는 하는 것이 필요하다. 밴드에서 누군가 좋은 정보를 올렸을 때 '이모티콘' 하나 올리면서 감사의 표시를 하는 등 그 조직 내에서의 최소한의 나의 존재감은 반드시 유지해야 한다는 말이다.

현대 사회를 살아가는 우리들에게 인맥은 너무나도 소중한 개념이다. 특히 점점 나이가 들어가고 조만간 '고독'이라는 문제와 마주하게 될 중장년들에게 인맥 관리는 정서적 측면의 효과까지 감안해 볼 때, 돈 몇 푼 잘 관리하는 것 이상의 의미가 분명히 있다. 그렇다고 모든 중장년들이 '마당발'이 될 필요는 없다. 현재 알고 있는 지인들에게 '소중한 사람'으로 인식될 수 있도록 기본적인 관리 활동을 실행하는 중장년이 되기를 기대해 본다.

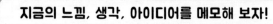

지금의 느낌, 생각, 아이디어를 메모해 보자!

참고도서

제1장 꿈

《물은 답을 알고 있다》 에모토 마사루 지음
《김부장 재취업 성공의 비결》 김영희 지음
《파라슈트》 리처드 불스 지음
《경영학의 진리체계》 윤석철 지음
《죽기 전에 한번은 유대인을 만나라》 조셉 텔루슈킨 지음
《물소리 바람소리》 법정 지음
《무소유》 법정 지음
《생각하는 힘 노자 인문학》 최진석 지음

제2장 변화

《기업이 원하는 변화의 리더》 존 코터 지음
《스마트한 생각들》 롤프 도밸리 지음
《야단법석》 법륜 지음
《짧은 이야기, 긴 생각》 이어령 지음
《세상을 움직이는 100가지 법칙》 이영직 지음
《처음 만나는 문화인류학》 한국문화인류학회 지음
《오십후애 사전》 이나미 지음

제3장 일

《인생학교 일》 로먼 크르즈나릭 지음

《경영학의 진리체계》 윤석철 지음

《산에는 꽃이 피네》 법정 지음

《일취월장》 고영성 신영준 지음

제4장 관계

《프렌드십》 톰 래스 지음

《우분투》 데이비드 R. 헤밀턴 Ph.D 지음

《리더를 위한 한자 인문학》 김성회 지음

《마지막 강의》 랜디 포시 지음

《마음으로 리드하라》 류지성 지음

《멈추면 비로소 보이는 것들》 혜민 지음

《굿 라이프》 최인철 지음

행복한 꼰대

초판 1쇄 인쇄 2019년 1월 23일
초판 1쇄 발행 2019년 1월 30일

지은이 김현식
펴낸이 김양수
표지 본문 디자인 곽세진   교정교열 박순옥

펴낸곳 도서출판 맑은샘 **출판등록** 제2012-000035
주소 (우 10387) 경기도 고양시 일산서구 중앙로 1456(주엽동) 서현프라자 604호
대표전화 031.906.5006 팩스 031.906.5079
이메일 okbook1234@naver.com 홈페이지 www.booksam.kr

© 김현식, 2019

ISBN 979-11-5778-361-8 (03800)